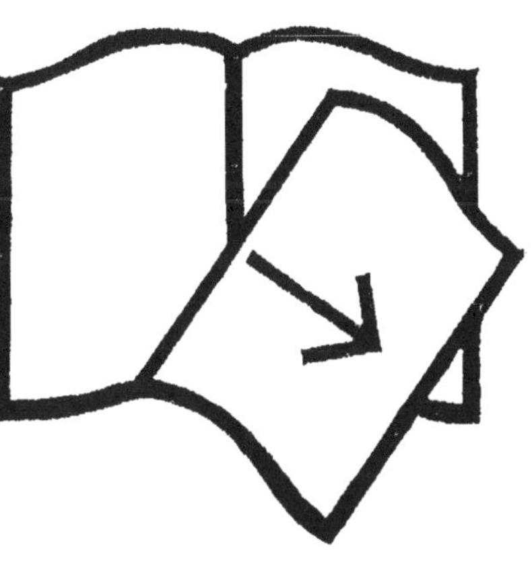

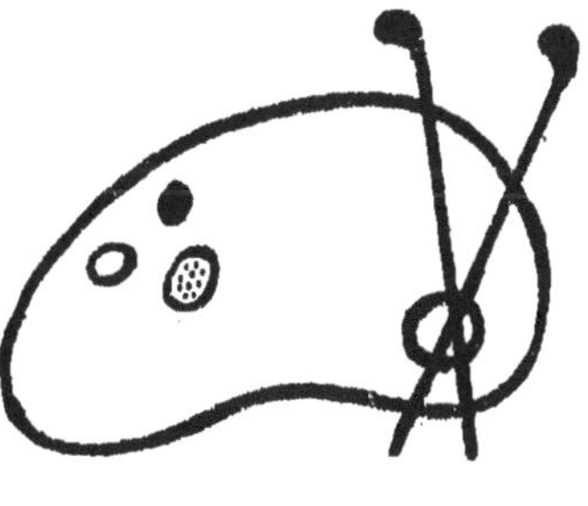

Original en couleur

NF Z 43-120-8

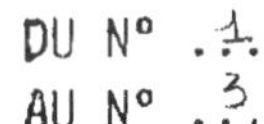

P. ARÈNE. TH. DE BANVILLE. L. CLADEL.
P. GINISTY.

ILLUSTRATIONS

PAR

COMBA
GORGUET
MYRBACH

I

PARIS
C. MARPON & E. FLAMMARION, ÉDITEURS
26, RUE RACINE, 26.

CONTENTS DE GIL BLAS

CONTES
DE
GIL BLAS

P. Arène. *Les Coups de fusil.*
Th. de Banville. *La Dame Anglaise.* — L. Cladel. *Ça! non.*
P. Ginisty. *La Demoiselle en deuil.*

ILLUSTRATIONS
PAR
COMBA. — GORGUET. — MYRBACH

PARIS
C. MARPON ET E. FLAMMARION, ÉDITEURS
26, RUE RACINE

PAUL ARÈNE

LES COUPS DE FUSIL

Illustrations par COMBA

LES COUPS DE FUSIL

Pour moi, dit Ferragousse, un descendant des Ferragus des Baux, authentique mais tourné au Marseillais par suite du long travail des siècles, pour moi je n'eus jamais qu'une aventure d'amour — une! — Seulement, elle peut compter pour deux. Même, à la suite de cette aventure, les médecins, me voyant extrêmement fatigué, décidèrent de m'envoyer faire un petit tour en Italie.

Comme ici-bas les choses s'arrangent! Dire que sans ma folle passion pour Mme de Bèlesbat, je n'aurais jamais vu Saint-Pierre de Rome. Mais, halte-là ! Ce n'est pas de Rome et encore moins de Saint-Pierre qu'il s'agit.

Une femme charmante, cette Mme de Bèlesbat : grassouillette, mince, et quels yeux ! Des yeux de sultane en sortie, à la fois provocants et tristes, de ces yeux qui semblent crier : « Au secours ! au feu ! mon cœur brûle ! » Dans les plus maussades sous-préfectures, je ne sais si vous l'avez remarqué ? il y a toujours une Mme de Bèlesbat, grassouillette et mince, répandant autour d'elle comme un subtil parfum d'amour, maîtresse idéale de toute une ville, à qui chacun pense aux instants de solitaire rêverie, et en l'honneur de qui, amoureux sans se l'avouer, les jeunes gens, sur la grand' place, font d'interminables va-et-vient, espérant venir à bout, par la fatigue, des agitations de leur âme.

Je me sentis épris d'elle, un soir, très tard, comme je me décidais enfin, après avoir non sans effort tué l'ennui des longues heures, à mettre la clef dans ma serrure. Son image apparue se glissa sur mes pas, dans l'ombre, et jusqu'au matin ne me quitta plus. C'est généralement ainsi, de onze à minuit, que l'amour éclot en province.

Je connaissais un peu Mme de Bèlesbat et beaucoup son mari, gentilhomme mâtiné de braconnier qui passait ses jours à poursuivre dans les garrigues des gibiers qui n'y étaient pas et ses nuits à défendre son propre honneur en défendant celui de sa femme.

L'ennuyeux, c'est qu'il le défendait au fusil. Quiconque, le soleil couché, se serait hasardé à rôder autour de la modique métairie que son vaniteux propriétaire décorait du nom de château sous prétexte qu'elle possédait un colombier, eût été sûr de se voir descendre comme un lièvre.

Faute de mieux et pour n'en pas perdre l'habitude, le bonhomme avait soin, chaque soir, avant de s'enfermer, *pan!... pan!...* de brûler sa poudre aux étoiles.

Ces façons d'agir, d'ailleurs sauvages, avaient un salutaire effet; et, quelque désir qu'elle eût du contraire, la dolente Mme de Bèlesbat se trouvait encore, à trente ans, déplorablement respectée.

L'amour vissé au cœur — et le pas de vis mordait chaque jour — n'y tenant plus, décidé quand même à tout risquer, je me présentai un matin, sous des prétextes vagues (un échange de chiens de chasse), chez les châtelains de Bèlesbat.

Le mari me retint à déjeuner, soupçonneux toujours, jaloux plus que jamais, et couvant de l'œil sa prisonnière. Je pus néanmoins, dans une visite au jardin, circonvenir la dame au tournant d'une charmille, et lui répéter de vive voix, à la face du grand ciel bleu, ce que mon pied, précédemment, avait murmuré sous la table:

— « Vous êtes belle, et je vous aime ! »

Devenue rose un peu, avec son gentil sourire à fossettes, elle répondit :

— « Parfaitement !... S'il en est ainsi, je vous attendrai ce soir, à onze heures, près de la fontaine. »

Puis, comme je me précipitais à ses genoux, m'arrêtant d'un geste pudique et noble, elle ajouta :

— « Pas d'enfantillage !... Avant tout, il faut vous faire aimer de la bonne.

— De la bonne ?

— Oui ! De Scholastique... Vous faire aimer de Scholastique est absolument nécessaire. Vous avez toute l'après-midi pour ça.

— Mais ?...

— Elle est aux provisions, rien de plus facile que de la rencontrer à mi-chemin de la ville. »

Un monstre, Scholastique... Ou plutôt non. A Paris, par comparaison, Scholastique, certes ! serait un monstre ; mais là-bas, dans ces Saharas d'amour, que sont les petites et vertueuses cités de province, Scholastique — avec son teint brun, sa voix rude, sa taille de carabinier, un soupçon de moustaches aux lèvres, et ce corsage ample et rigide lequel, m'y étant cogné par mégarde, me fit pousser une bosse au front — Scholastique, ma foi ! aux yeux des amateurs, passait tout simplement pour une appétissante gaillarde.

La conquête n'en fut pas longue. Ce chêne plia

comme un jonc. Nous dûmes chercher longtemps, bien que la moisson fût prochaine, des blés assez drus et surtout assez hauts pour y faire, loin de l'œil des hommes, l'échange de nos premiers serments. De plus, je dus lui promettre que le soir même, aussitôt la lune passée derrière le pic de Brancaï, c'est-à-dire vers les dix heures, j'irais l'attendre près de la fontaine.

Près de la fontaine, elle aussi!... Mais comment refuser la chose?... Il me vint d'ailleurs, tout de suite, cette réflexion consolante, qu'après tout, entre dix et onze, j'aurai une bonne heure devant moi.

— « Monsieur certainement va vous tirer dessus, croyant que vous êtes un voleur ou bien un galant à madame. Seulement vous n'avez pas besoin d'avoir peur : je visite les armes tous les jours, et quand j'attends quelqu'un, je retire les balles. »

La nuit arriva, nuit superbe et propice aux amoureux rendez-vous. Un peu trop claire cependant à cause de cette damnée lune. Mais, bientôt, la lune s'éclipsa, laissant s'allumer les étoiles. J'entendais au loin, près de Bèlesbat, le bruit de la source, le chant des grenouilles. Dans les herbes, des fleurs luisaient.

J'allais prudemment, sans mener bruit, très ému, rasant les murailles et les haies. J'évoquais pour me donner courage, la figure de Mme de Bèlesbat. Mais je pensais surtout à ceci :

— « Pourvu que Scholastique n'ait pas oublié les balles ! »

A chacun de mes pas, me rapprochant de la fontaine, l'eau tombante tintait plus fort. Les grenouilles chantaient. Effrayées soudain, elles se turent; il n'y eut plus que le bruit de l'eau.

Un coup de fusil : Pan!.. Un autre : Pan!.. Au premier, il me sembla entendre siffler la balle. Au second, je me crus touché. Mais Scholastique m'entraînait déjà :

— « Vite! Là-bas, dans ce coin sombre. »

... Et quand les onze heures sonnèrent au lointain beffroi communal — j'avais presque oublié, Dieu me pardonne! Mme de Bèlesbat et ses amours seules importantes — quand onze heures sonnèrent, Scholastique dit, très pressée :

— « Je vous quitte; Monsieur m'attend.

— Monsieur?

— Et oui : Monsieur! »

Puis, me pinçant le bras à emporter la pièce :

— « Allons, voyons, sois raisonnable! Il faut bien cependant que j'enlève les balles pour demain. »

Pour demain!... Tel était donc mon lot.

Je restai muet, hésitant; si quelqu'un avait pu me voir, il m'aurait vu rouge de honte.

Mais là-bas, à l'angle du perron, se dirigeant vers la fontaine, Mme de Bèlesbat apparaissait, vision idéale et blanche.

— « Pauvre ami!... » dit-elle en tendant à mes lèvres son front pâle ennuagé d'or...

Et je vous colle mon billet, conclut Ferragousse, qu'avec des émotions pareilles, après trois coups de fusil essuyés ainsi chaque soir, un petit voyage en Italie, instructif et réconfortant, n'était pas de reste.

THÉODORE DE BANVILLE

LA DAME ANGLAISE

ILLUSTRATIONS PAR GORGUET

Envoyé, en vertu d'une mission qu'il avait sollicitée, dans une ville du Midi, alors ravagée par une épidémie cruelle, le jeune docteur. Emeric Sève avait été, au départ, protégé par le nom tout puissant de son maître, l'un des plus illustres professeurs des hôpitaux. Le chef de gare l'avait lui-même installé dans un coupé, en l'assurant qu'on ferait tout le possible pour ne pas troubler sa solitude. Depuis le matin donc, Emeric roulait, recueilli, tranquille, fumant de bons cigares, n'ayant à subir aucune conversation importune, et sentant en lui la réconfortante gaieté du bon soldat, au moment où il se prépare à la bataille. Très décidé à se dévouer, à combattre éperdument le fléau, à donner sa vie, le jeune médecin, repassant dans sa tête les leçons et les recommandations de son maître, savourait avidement le plaisir de n'entendre aucune bêtise, et espérait bien vivre ainsi jusqu'au lendemain, sans autre interlocuteur que lui-même. Mais son attente fut trompée ; car, vers les six heures du soir, à une station sans importance, où on s'arrêtait deux minutes seulement, le chef de train vint le prier de vouloir bien accepter pour compagne une jeune dame anglaise, fatiguée et souffrante, ayant besoin des plus grands ménagements.

— Ah ! pas d'Anglaise ! s'écria le jeune docteur avec une irritation comique, autant que peu justifiée.

— Pourquoi donc ça ? dit une voix gaie et claire, avec un très léger accent, plein de charme. Et avec une grâce agile, rapide, charmante, sans attendre en aucune façon le consentement qui lui était si brutalement refusé, la voyageuse, tenant à la main un joli petit sac de cuir, franchit le marchepied, et alla s'asseoir au fond, dans un coin, sans plus s'inquiéter de son voisin malhonnête que s'il n'eût jamais existé. La portière fut refermée, et le train partit. Le docteur Sève eut alors le loisir d'examiner le petit sac, sur lequel une plaque d'argent portait gravés ces mots : *Miss Eva Tyler*, et la dame elle-même, belle à ravir, et vêtue comme la plus élégante Parisienne. Elle portait une de ces toilettes de voyage simples, compliquées, ingénieuses, douces et sombres, qui donnent envie de voyager pour en voir de pareilles. Quant à son visage, à la fois gai et poétique, il semblait avoir été pétri par un Clodion inspiré, sachant donner de la noblesse à un nez retroussé ; les cheveux de miss Eva étaient d'un roux sombre aux reflets d'or, ses yeux verts comme la mer souriante, et ses lèvres étaient pourprées de ce rose idéal dont les peintres japonais gardent le voluptueux secret. Comme miss Eva s'était mise à lire un livre, qui était le plus récent roman d'Alphonse Daudet, le docteur Sève put admirer ses fines et longues mains, gantées à souhait pour le plaisir des yeux. Un sourire entr'ouvrait sa bouche enfantine ; il put admirer aussi les petites dents courtes, vivantes, régulières, blanches comme de la neige dans la chair des gencives, fraîches comme des feuilles de rose.

Certes, le docteur était humilié de s'être écrié : « Pas d'Anglaise ! » Car du moment où on les faisait de cette façon-là, ses idées subissaient une métamorphose totale. Il éprouva le besoin de s'excuser tout de suite.

— Madame, balbutia-t-il, en vérité je suis confus...

Mais miss Tyler ne grouilla pas plus qu'une pièce de bois. Il semblait qu'elle fût à cent mille lieues de là, et que la voix de son malheureux voisin n'eût pas même frappé son oreille. A plusieurs reprises, il esquissa des phrases du même ordre; la dame resta immobile, silencieuse, tranquillement occupée de sa broderie. En désespoir de cause, Emeric se résolut à faire comme elle; il avait, lui aussi, apporté un roman, et rien ne l'empêchait de s'intéresser, comme sa voisine, à des combinaisons fictives. Il prit donc le volume; mais ici se plaça une autre déconvenue. Non seulement le docteur manquait d'un couteau à papier; mais il n'avait sur lui ni une épingle, ni une carte de visite, ni sa trousse qu'il avait soigneusement rangée dans sa malle. Pour couper les malheureux feuillets, Emeric voulut se servir d'une simple allumette. Mais le volume était imprimé sur un papier épais, résistant, rebelle, improprement dit : du Japon, et l'allumette fut impuissante. Alors, le docteur s'épuisa en vains efforts, voulut inutilement couper avec son doigt, et finalement fit tant de bruit avec le papier et montra une telle turbulence qu'il en devint insupportable. C'est pourquoi miss Tyler dut consentir à s'apercevoir de sa présence, et, en bonne Anglaise qu'elle était, commença par s'enquérir de son nom.

— Monsieur?... demanda-t-elle.

— Le docteur Emeric Sève, répondit-il humblement.

— Couteau à papier, dit miss Eva, en tendant à son voisin un de ces jolis couteaux s'ouvrant et se fermant, dont la lame d'ivoire, mince et résistante, s'insère dans un manche fait de la même matière et qui, selon l'occasion, servent à couper les fruits ou les feuillets des livres. Emeric s'inclina, prit l'objet et fièvreusement coupa un certain nombre de feuillets de son roman ; après quoi il rendit le couteau à miss Eva, qui, d'un geste maladroit, le laissa tomber par la fenêtre ouverte. Puis elle ouvrit son sac, y prit un autre couteau tout à fait semblable au premier, et se remit à lire le roman de Daudet.

— Vous avez beaucoup de couteaux ! dit Emeric.

— Oui, dit miss Tyler, mon père en vendait ! Je suis née à Sheffield.

— Ah ! madame, dit le docteur, vous ne pouvez cependant me punir d'une façon si cruelle pour un mot maladroit et je vous supplie...

En parlant ainsi, avec une audace à la Danton, pareil à la garde impériale entrant dans la fournaise, il saisit hypocritement la main de la jeune femme ; mais cette main, miss Eva la retira sans colère, d'un geste rapide. Après quoi, elle ôta ses gants, qu'elle jeta dehors, montrant ainsi, nues, ses adorables mains de lys. Après quoi, elle prit dans son sac une paire neuve de gants de Suède, exactement pareils à ceux-là, et prestement les mit, avec la correction la plus classique et la plus précise. Et elle se replongea tranquillement dans sa lecture.

— Diable ! se dit à part lui le docteur Sève, cette belle demoiselle me traite comme un lépreux, et nous ne sommes pas près de faire bon ménage ensemble ! Et dans son cœur il repassait cette série de défaites, dévorant, lui aussi, son roman, mettant les bouchées en double, et, par la même occasion, rongeant son frein. Cependant il ne put se résoudre à avaler ainsi l'humiliation toute crue et, à ses risques et périls, se décida à arborer l'étendard de la révolte.

— Eh bien ! non, madame, s'écria-t-il, cela ne peut pas se passer ainsi ! J'ai été bête, j'en conviens ; mais vous êtes trop divinement belle pour que je me résigne à votre mépris, et je ne saurais accepter une si douloureuse façon d'être ridicule.

— Allons! dit miss Tyler en fermant son livre, monsieur Sarcey est un homme terrible ; je vois que nous n'échapperons pas à la scène à faire ; eh bien ! faisons-la donc ! Rassurez-vous, monsieur, votre nom ne m'est pas inconnu ; je suis édifiée par les journaux sur le but de votre voyage ; un homme ne peut jamais être très ridicule lorsque, de gaieté de cœur, il va se dévouer à ses semblables et lutter de si près avec l'affreuse mort. Toutefois, vous avez ressemblé à beaucoup de vos compatriotes, qui dédaignent futilement l'observation et vivent avec sérénité sur les vieux lieux communs littéraires ! Naturellement, comme tout le monde, vous êtes allé à Londres, qui aujourd'hui n'est pas plus loin qu'Asnières. Mais c'est en vain que vous y avez vu des femmes d'une beauté charmeresse et poétique ; vous en êtes encore, d'après les récits de monsieur votre grand-père, aux caricatures de 1815, aux types de jeunes ogresses inventées par le grand comédien Potier dans *Les Anglaises pour rire*, et même, en remontant plus loin, aux calembours de M. de

Bièvre : *Lady Ligence se jetant dans les bras de Lord Nière !* Vous avez été désagréablement surpris de ne pas me voir en robe de mousseline blanche avec une palatine de fourrure, et portant sur la tête un chapeau de sauvagesse, en plumes coloriées ; mais que voulez-vous que j'y fasse? Et que penseriez-vous de moi, si je vous accusais de vous enivrer de musique en écoutant *Les Chasseurs et la Laitière*, et de vous nourrir exclusivement de grenouilles?

— Ah ! madame, dit Emeric, sans réveiller ces légendes abolies, il est facile de voir que vous n'aimez guère la France !

— Moi ! dit miss Eva, je l'adore. Je suis folle de Paris, où il y a tant d'arbres et de fleurs ; je lis vos livres, vos chroniques, vos poèmes, et votre génie de la mode est pour moi une religion. Et les Français me charment. J'admire passionnément ce peuple qui ne sait ni la boxe, ni la natation, ni même la politique, mais qui du matin au soir parle d'amour, et dont les femmes elles-mêmes n'ont d'autre occupation que de raffiner, d'ergoter et de subtiliser sur l'amour.

— Mais, dit le docteur Sève un peu piqué, si elles en parlent très bien, c'est en connaissance de cause, et au moment où les paroles deviennent inutiles, elles sont sans doute supérieures aux femmes de tous les pays.

— Oh ! dit miss Tyler, voilà qui est bientôt dit ;

mais, pour juger cette question difficile, il faudrait pouvoir comparer. En tout cas, avec votre manie de faire la cour à la première venue, vous ôtez à vos femmes la vraie et seule gloire amoureuse, qui serait de se donner spontanément, et par la seule impulsion de leur volonté. Et que leur reste-t-il à vous offrir, quand vous les avez émiettées en petites faveurs volées ou mendiées, comme un pauvre demande un sou? Monsieur le docteur Sève, avez-vous jamais vu en France un monsieur et une dame, momentanément isolés ensemble par suite de quelque hasard, consentir à ne pas jouer *Le Caprice* d'Alfred de Musset?

— Ah! madame, dit Emeric, il y a des Français sérieux...

— Monsieur Pasteur, peut-être? dit Eva. Tous les autres sont ou veulent être des héros de roman! Tenez, nous voici tous deux, vous allant soigner des malades et des mourants, moi allant... où je veux, rien n'est plus simple. Eh bien! je le gagerais, votre esprit s'égare déjà en pleine aventure. Et vous vous imaginez sans doute que, dédaignée ou blessée par vous en quelque circonstance oubliée déjà, je suis montée exprès dans ce coupé pour vous y joindre, et pour me venger, si je le puis, en vous rendant épris de ma petite personne!

Comme miss Tyler prononçait ces mots, un souvenir rapide comme un éclair traversa tout à coup la pensée d'Emeric. Lors du voyage qu'il avait fait à

Londres, deux ans auparavant, en compagnie d'une comédienne en représentations, avec qui sa liaison était le secret de plusieurs polichinelles, une actrice de la troupe apprit en confidence au docteur Sève qu'il avait fait la conquête d'une jeune et charmante femme attachée à la troupe anglaise de Gaiety-Théâtre. Mais tout entier à sa passion, le docteur Sève ne voulut pas entendre parler de cette victime, ni l'entendre nommer, ni la voir ; il l'aperçut pourtant, dans l'ombre, presque en profil perdu, appuyée contre un portant. Et maintenant, il lui semblait retrouver dans miss Eva Tyler cette silhouette vaguement entrevue ; mais n'était-ce pas là une de ces décevantes hallucinations qui peuplent notre esprit de rêves flottants et de vagues fantômes?

Cependant la nuit tombait et, après s'être arrangée commodément dans son coin, miss Tyler s'était mise à sommeiller doucement. Emeric lui-même, pensant à la fois à sa grave mission et au caractère bizarre de son aimable voisine, tomba dans un état qui tenait de la songerie et de l'assoupissement, et pendant lequel il s'imaginait tenir sur sa poitrine la douce tête parfumée de miss Eva. Mais, ô surprise ! chute inattendue et délicieuse dans les gouffres d'or du paradis ! lorsqu'il s'éveilla, elle reposait, en effet, sur son sein, cette charmante tête endormie, et en levant ses yeux, Emeric vit que le petit rideau destiné à cacher la lampe du plafond avait été tiré et faisait la nuit noire. Il souleva sur son bras la tête adorée et la couvrit de baisers ; mais ses baisers lui furent rendus ardemment, follement, avec une invincible joie, et l'ignorant docteur apprit alors que si les Françaises ont le droit de parler amour, les Anglaises aussi n'ont aucune raison de s'en taire. Ce qu'il y eut de véritablement étonnant, c'est que dans ce moment où il avait toutes les raisons possibles de rester éveillé comme un nid de souris, le docteur, cédant sans doute à la puissance magnétique d'une volonté plus forte que la sienne, s'endormit profondément. Lorsqu'il s'éveilla pour la seconde fois, il faisait jour, le train marchait avec une rapidité fulgurante, et les arbres s'enfuyaient éperdument, comme des voleurs, emportant avec eux le flot glacé d'une rivière. Profondément humilié de son sommeil intempestif, Emeric étendit sa main vers miss Tyler.

— Ah ! dit-il, ma chère âme...

— Monsieur, dit miss Eva, je ne sais si vous avez

raison de me considérer exclusivement comme une âme, et à quel titre cette âme vous appartiendrait; mais vous avez longtemps dormi, et je suppose que vous avez été hanté de quelque rêve, inspiré par l'inguérissable fatuité française?

Emeric Sève regarda miss Eva Tyler avec un étonnement stupéfait. En voyant sa mise si correcte, si bien tirée à quatre épingles, comme si la dame fût sortie d'une boîte, et ses cheveux brillants, merveilleusement lissés comme une aile d'oiseau, il fut tenté de penser qu'elle lui disait la vérité. Il le croyait tout à fait; il était persuadé qu'il avait seulement fait un beau rêve, quand on arriva à la station où miss Eva devait s'arrêter. La voyageuse avait posé son sac dans le filet. Pour lui éviter la peine d'étendre le bras, Emeric se leva et le prit; mais, à ce moment-là, Eva aussi se leva, se haussa sur la pointe des pieds et, comme le docteur se retournait, lui posa sur les lèvres un vigoureux baiser. Puis elle descendit, légère comme une abeille et, une fois debout devant la portière, dit à son compagnon de voyage d'un ton cérémonieux et bien anglais:

— Adieu, monsieur!

Pendant une seconde, le docteur Emeric Sève eut envie de suivre miss Eva Tyler; mais il n'avait pas le droit de déserter son devoir, et il s'agissait maintenant de choses sérieuses. Quant à l'audacieux baiser final, il le comprit très bien; car mettre Géronte dans le sac et le bâtonner ne serait rien pour Scapin, si, à un moment donné, il ne savourait l'immense joie de se démasquer, et de dire au bonhomme : *Pardonnez-moi, monsieur, les coups de bâton que...*

LÉON CLADEL

ÇA! NON

Illustrations par MYRBACH

ÇA! NON

Naguère, à travers bois, sous Chaville et vers Viroflay, je surpris un paour en train de fustiger son gars, et ce spectacle me rappela sur-le-champ l'un des plus amers souvenirs de mon enfance. A cette époque, j'avais neuf ou dix ans environ, et je la vois encore cette scène, telle qu'elle eut lieu dans la chambre où tous nous prenions nos repas en commun, mes parents, les apprentis, la servante, les poules, les chats, les chiens de la maison et moi. Servant de cuisine et de réfectoire le jour, de dortoir la nuit, cette pièce, aux murs de laquelle luisaient toujours bien alignés et très propres, une foule d'ustensiles de fer ou de cuivre. meublée d'un vieux lit à baldaquin et d'un bahut encore plus antique et plus vermoulu, rétrécie quelque peu, non seulement par un évier en pierre dure où deux grosses cruches en terre cuite arrondissaient leurs panses, mais aussi par un fourneau maçonné sur lequel on mijotait sans cesse de délicieux ragoûts et par le chambranle en marbre historié d'une cheminée colossale où, l'hiver, à la veillée, nous entrions tous en chœur ainsi qu'en la gueule d'un four, cette vaste pièce, sise entre deux portes à vitres, ouvrait d'un côté sur un escalier de briques aboutissant à une haute cour dallée et de l'autre sur l'atelier de bourrellerie donnant sur la rue du Faubourg-Villenouvelle, où j'ai tant polissonné. Donc, c'était un dimanche soir, et, comme d'ordinaire, en la froide saison, on avait devant soi sur la table ronde une soupière pleine de bouillon de bœuf, et nous savions que la poularde truffée allait bientôt apparaître entre plusieurs dames-jeannes des plus respectables. Ah! c'est qu'en ce temps-là l'ouvrier pouvait parfois se régaler de quelques mets fins et des meilleurs crus, surtout dans notre sud-ouest, où le litre de vin qui se vend actuellement sept à huit sous, ne valait alors que six liards ou dix deniers, et, d'autre part, les lignes ferrées n'existant pas encore entre les provinces méridionales et la capitale, on en achetait de la « pomme de terre noire » le samedi matin, jour de marché, tant qu'on en désirait à raison de cinquante centimes la livre. Oui, c'était le temps à jamais passé, hélas! où ces contrées panicières et vinicoles n'étaient pas rongées par le charbon et le phylloxéra ; le temps où les terriens du pays portaient la culotte courte, des bas chinés, les souliers à boucle et le large chapeau de feutre ras, bridé par derrière à la façon de celui dont se coiffent, aujourd'hui comme autrefois, nos concitoyens des campagnes de l'Alsace et de la Lorraine, que nous possédions alors l'une et l'autre. En ce pays celtique où la plupart des coutumes des aborigènes étaient et sont en vigueur, ainsi que je l'ai montré dans plusieurs de mes livres, on respectait, on respecte encore les lois importées de Rome par les Latins, entr'autres celle qui consacrait l'autorité du chef de la famille sur tous les siens. Elle y était, elle y est toujours souveraine, et nul n'aurait garde de s'en affranchir. Au-dessus de lui, personne, excepté ceux dont il procède lui-même, ou s'ils ne sont plus, l'être inconnu, peut-être chimérique, que nos multiples ascendants ont appelé tour-à-tour Hésus ou Zeus, Elohim ou Jupiter.

— Houp-là, petits, s'écria papa tout en dépliant sa serviette rousse en toile écrue, allons-y! Si nous avons bûché ferme et trop pâti durant toute la semaine dernière, on mastiquera dur aujourd'hui; puis, après avoir siroté notre tasse de café, nous jouerons à la quatrette, et, corps-de-Dieu! ce ne sera point de ma faute si nous ne battons pas mon ancien qui se croit invincible à ce jeu comme à tout autre; allons-y, s'il plaît à la patronne...

Aussitôt maman nous servit en commençant par lui,

le plus âgé, et finissant par moi, le plus jeune des commensaux. Oh ! quel potage! un vrai jus de viande saine et fraîche, tout bouillant et clair comme de l'eau de roche, car on n'y avait pas trempé du caramel, cet ingrédient dont on use et même abuse tant à Paris dans les restaurants, pour y colorer ces troubles et tièdes liquides décorés du nom pompeux de consommés ; un suc moelleux, un divin breuvage, un nectar, quoi ! Force légumes s'y étaient délayés, quasi fondus, entr'autres des poireaux, des navets et des carottes. Si ces ombellifères me paraissaient savoureux, les raves, au contraire, me semblaient insipides, et, loin de les absorber, je les accumulais dédaigneusement au bord de mon assiette.

— Hein ! interrogea le patron qui s'était aperçu de mon manège, est-ce que par hasard tu bouderais contre cette noble pitance, toi, mignon?

— Non pas, seulement je ne raffole guère de ce radis-là si filandreux et fade.

— Assaisonne-le de sel, de poivre et d'ail.

— Heu, pouah !

— Ah ça, morveux ! ne te montre pas si dégoûté ; plus tard tu seras peut-être bien content d'en avoir à te mettre sous la dent de ces nanans qui te font grimacer aujourd'hui.

— Plutôt avaler du pain sec toute ma vie qu'un morceau de ce caca.

— Du caca !... Bigre ! comme tu traites les denrées !

Serais-tu donc, ainsi qu'on se l'imagine, un muscadin, un mirliflore, un mignard, un aristo? Dans ce cas, on te tirerait la révérence et tu te nourrirais de l'air du temps, à ta fantaisie.

— On n'en mourrait point! Est-ce qu'on meurt jamais de faim en ce monde-ci?

— Nom de Dieu! Tu n'accoucherais pas d'une telle bêtise si tu n'avais pas encore le goût du lait de ta mère au palais et sur les gencives. Ah! sur terre on ne crève pas affamé! Si tes professeurs t'insinuent cela dans la caboche, ils sont des ânes, et les pires de tous. En Bretagne, en Normandie, en Provence, en Piémont et dans la Sologne, surtout en *Beauce* où plus d'un luron roula sa *bosse*, et même dans l'Ile-de-France, y compris la capitale, je me suis souvent serré le ventre, moi, garçon, et je te fous mon billet que si l'on m'avait alors offert gratis *pro Deo*, car pas une obole ne voyageait entre les doublures de mon gilet, un peu, voire beaucoup de cette pâture que tu refuses aujourd'hui, je m'en serais fourré jusque-là...

— C'est entendu! ripostai-je avec trop d'irrévérence, j'en conviens; on sait que vous, parbleu! vous goberiez et digéreriez n'importe quoi; mais tout le monde n'est pas bâti comme vous l'êtes, et moi moins que personne.

— Eh bien! effronté, l'on va t'apprendre de quelle cuisse tu tombas, et que cette leçon te suffise ici!

Sur ce, le rude artisan qui jadis sur son tour de

France était si renommé pour son courage à braver les intempéries et la misère qui couchaient autour de lui, sur les routes, quantité de ses frères et amis les Compagnons du Devoir, m'empoigna par la nuque, et rejetant mon front en arrière, me contraignit, après m'avoir pris au menton, d'ouvrir la bouche où, vivement, avec sa cuiller de fer, il m'enfonça jusqu'au gosier une de ces plantes crucifères qui me répugnaient. Un violent hoquet me souleva la poitrine ; je vomis, et le maître sacra.

— Non, non, je ne veux pas, laissez-moi.

— Tu veux ou tu ne veux pas? Sache, mon petit bougre, que le roi n'oserait pas en dire autant; tu céderas ou gare!

Et celui qui n'admettait ni les indociles ni les rétifs, quoique ayant combattu pendant les Trois Glorieuses sur les barricades et dans les rues contre l'armée d'un despote, leva ses mains et me menaça.

— Ça, non! protesta, révoltée, ma mère, épouse si soumise pourtant, oh! non, pas ça!

— Me contrecarrer, toi aussi; femme, si tu ne te tais point, on ne répond plus de rien; et, d'abord, ceci ne te regarde pas.

— Si.

— Non pas.

— Si fait.

— Ah! puisque tu soutiens ce rebelle, il sera puni.

— Papa !...

V'lan! une formidable gifle me ferma les lèvres et me marbra les joues. Alors il se passa quelque chose d'incroyable et que, dussé-je vivre mille ans et plus, je me rappellerai toujours, toujours! Un poing crispé sortit de l'ombre par la porte entr'ouverte de la boutique et s'allongea, comme celui d'un justicier, vers le coupable qui s'était oublié jusqu'à frapper un innocent, et nous ouïmes une voix rauque qui prononçait ces mots :

— Un méchant, c'est toi, fils!

Stupéfait, abasourdi, vaincu, mon père recula devant un maigre vieillard, rugueux et chenu comme un chêne, et dont la figure était sillonnée de profondes rides et de veines noirâtres, que la colère avait gonflées. Etroitement sanglé dans une longue redingote de drap gris à revers de velours bleus, en tirant ses courts favoris et sa moustache coupée en brosse de vieux de la vieille, il marcha gravement vers moi qui palpitais, essuya mon visage inondé de larmes, et quand il se fut aperçu que mes narines saignaient, il fit ce geste qui, si j'en crois l'un de mes premiers camarades de lettres, inspira quelque dizaine d'années plus tard une magnifique page de vers au plus éloquent poète de notre ère, instruit par mon intime de la cruelle action dont j'avais été jadis la cause involontaire et la victime.

— O grand papa, gémissait ma mère en s'accrochant

à lui, ça n'arrivera plus; oh, non! pas ça, je vous en supplie.

Et mon père répétait respectueusement, terrifié comme elle :

— Oh, ça, non, non !

Impitoyable, le vieillard la repoussa doucement et m'ayant baigné les chairs avec un mouchoir de cotonnade imbibé d'alcool, il se croisa les bras sur la poitrine et regarda vis-à-vis son fils, son unique fils, lui qui, n'ayant pas non plus d'autre enfant que moi, avait perdu dans son adolescence son frère aîné, comme moi-même j'avais perdu le mien encore au berceau.

— Galopin! œil pour œil et dent pour dent, tu l'as voulu!

Puis la droite de mon aïeul s'abattit lourdement sur la face barbue de papa qui, hérissant sa chevelure fauve et sous les paupières duquel étincelait cette ardente flamme qui s'allume déjà dans les prunelles, bleu d'azur comme les siennes, de son petit-fils en bas âge, mon beau Jean-Pierre Marius, lorsqu'il s'irrite, bondit tel qu'un lion et retomba tout d'une pièce sur sa chaise, comme si l'œil du vengeur l'avait foudroyé sur place. Et quand cet acte de justice eut été accompli, le vétéran qui, né chrétien, avait néanmoins pratiqué la parole biblique qu'il venait de prononcer, me saisit sous l'aisselle après m'avoir embrassé plusieurs fois avec une tendresse maternelle, et m'amena chez lui, dans son propre domicile, tandis que partait de notre maison et ricochait à travers la rue une roulade de plaintes terribles qui me navraient encore plus qu'elles ne m'effrayaient; ah ! c'était mon père, mon père si cruellement châtié, qui, dans la force de l'âge alors, puisqu'il touchait à la cinquantaine, se lamentait à fendre l'âme, et pleurait, oh! non, non, je n'oublierai jamais ça, comme un marmot que les verges ou la férule d'un magister ont corrigé...

Sèvres, juillet 1885.

PAUL GINISTY

LA DEMOISELLE EN DEUIL

ILLUSTRATIONS PAR COMBA

LA DEMOISELLE EN DEUIL

C'est une jolie blonde, un peu pâle, avec de grands yeux noirs. La coiffure, charmante, mais sans art apparent, ressemble, avec ses bandeaux crespelés, à celle d'une petite bourgeoise de province. Elle est vêtue de vêtements de deuil qui, dans leur simplicité austère, lui vont à ravir. Aucun bijou, même de jais; mais les oreilles sont percées et semblent vides de quelque perle rare, dont l'évocation s'associe spontanément à l'idée de ces mignons ourlets, si finement dessinés.

Et, de fait, malgré la désolation de ce costume presque pauvre, un reste de coquetterie subsiste, enveloppant d'une grâce exquise toute sa personne.

Elle va lentement, indécise, inquiète. Quelle est-elle? Il y a en elle de l'institutrice qui court un misérable cachet et de la fille de bonne maison. Un ensemble qui n'est pas banal, avec un charme de modestie qui demeure, malgré une petite effronterie affectée. Non sans peine, vraiment! Et les yeux, qui, rougis un peu, paraissent garder la trace de larmes récentes, contrastent avec cet air délibéré qu'elle cherche à se donner. Au fond, on la dirait plutôt perdue dans un songe douloureux, et c'est sans rien regarder qu'elle s'arrête devant les vitrines des bijoutiers des boulevards, dont les parures étincellent sous le gaz.

Se promène-t-elle? Une jeune fille, seule, ne se promène guère, à onze heures du soir, de la rue Drouot à l'Opéra. Pourtant, en passant devant un groupe de soupeuses en quête de soupeurs, elle s'est instinctivement écartée, avec un ostensible dégoût. Elle attend, alors. Quoi? Tout à l'heure, elle a sorti de sa poche un mouchoir de très fine batiste, dernier vestige, peut-être, d'un luxe évanoui, et l'a porté à ses lèvres fièvreusement — sans un geste trop tragique, mais comme dans une petite convulsion de révolte.

Un passant, un jeune gentleman — paletot clair sur l'habit, monocle à l'œil — la suit depuis quelque temps, visiblement intrigué. Une beauté troublante que celle de cette étrange attardée ! Et, invinciblement enchaîné à ses pas, malgré la partie qui l'attend au cercle, il se rapproche d'elle peu à peu. Voici près d'une heure qu'il épie, pris de désirs violents, tout à coup, et tout secoué de sensations nouvelle. Un moment, il va l'aborder : « Suis-je bête », dit-il, maugréant, en viveur à qui les bonnes fortunes ne manquent point, contre le sot caprice qui s'empare de lui. « Une femme qui, aux environs de minuit, ne marche pas plus vite ! » Et il se dirige vers elle... Mais, saisi d'une pudeur qui ne lui est guère familière, il s'arrête : « Eh bien ! qu'est-ce que j'ai ? » — C'est que, devant ce visage candide, devant cette tristesse épandue sur ces beaux traits qui luttent pour sourire, il se sent presque troublé par un vague respect.

Pourtant, c'est absurde, cette hésitation, aussi absurde que la folle tentation qui le fait se conduire comme un galantin en quête d'aventure. Il s'avance, à la fin, et il murmure quelques mots...

La jeune femme tressaille comme si elle recevait une commotion électrique, se détourne vivement, s'en va... puis brusquement, elle revient vers le passant, très surpris, presque déconcerté malgré sa belle assurance coutumière. Et elle dit ces mots, seulement, avec une étrange résolution, tandis qu'une flamme s'allume dans ses regards navrés : « Eh bien ! oui. » Puis, avec une gaucherie qui n'est pas sans charmes, elle prend d'un geste saccadé le bras qui lui est offert.

Une voiture s'arrête : le cavalier la hèle, aide sa compagne à monter. Celle-ci fait baisser la capote, qui était fermée : elle étouffe, elle paraît avoir une grande peur, et elle semble, dans l'effarement où elle est, être prête à appeler au secours.

Le gentleman, mordu par une curiosité ardente, ne sait que dire, bien qu'il ne soit guère embarrassé d'habitude. Mais cette fille-là est surprenante ! Avec cette attitude de vierge outragée, nulle résistance, cependant ! Une soumission complète, plus encore ! une volonté d'être complaisante. La voiture fait halte devant un restaurant de nuit : « Soupons-nous ? » Elle incline la tête, elle essaye même de rire, mais ce rire est désolé !

Elle refuse de s'occuper du menu et le laisse dresser comme on voudra. Seulement, elle demande à boire, tout de suite, « du champagne, quelque chose qui grise ».

Lui s'assied auprès d'elle, se rapproche, prend ses mains et remarque en posant sur le bout des doigts de petits baisers (une entrée en matière !) qu'elles sont exquises. Aucun parfum de courtisane, mais une subtile et délicate odeur de chair jeune et forte. Elle abandonne ses doigts qui tremblent un peu... Diable ! est-ce que vraiment, par hasard, il serait tombé sur... Dans les conditions de la rencontre, la chose serait piquante !... N'importe ! Il ne s'attarde plus à réfléchir : il est pris tout entier par un furieux appétit de cette beauté qui est à sa portée et qui s'offre, puisqu'elle est là, dans ce salon de cabaret ! Eperdu de désirs, tout à coup, il enserre la taille de la jeune fille, la renverse à demi, doucement, contre son épaule, et l'embrasse follement sur les lèvres. Elle pousse un cri, elle se lève, toute droite, avec horreur. Puis, soudain, suppliante : « Oh ! je vous en prie ! je vous en prie ! »

Emu malgré lui, il la fait se rasseoir ; il cherche à la calmer... Elle suffoque. Les larmes, longtemps contenues, éclatent : « Pardonnez-moi, murmure-t-elle dans un sanglot... J'étais pourtant bien décidée ! » La situation est bizarre, et le gentleman se trouve assez mal à l'aise. Mais une sorte d'attendrissement succède à la stupeur de jouer, dans une histoire qui s'annonçait banale, un rôle quasi-ridicule. Il la questionne, avec une cordialité amie.

Alors elle avoue tout, rapidement, d'une voix saccadée, soulagée cependant par cette confession. Elle dit la misère succédant à une situation honorable et prospère, fondant sur elle après la mort de son père, ses efforts opiniâtres pour se créer des ressources, la lutte longtemps vaillante contre la destinée impitoyable, les leçons dérisoires quémandées, les travaux de broderies vainement essayés, la vente des derniers bijoux et des derniers souvenirs ; enfin le désespoir absolu venant avec la faim, la volonté de mourir... Oui, sans doute, mais elle a peur de se tuer, et voilà pourquoi, vaincue, affolée, à bout de force et de courage, elle est descendue, ce soir-là, dans la rue, décidée à faire comme tant d'autres... Seulement, maintenant, au moment de faillir, elle se révolte... Jamais... non... jamais !

Tout cela est débité au milieu de sanglots qui redoublent, mais qui ne la rendent pas moins jolie, d'ailleurs... Certes, le viveur qui l'a conduite en ce restaurant de nuit, ne fait pas profession de défendre la vertu, au contraire ! Mais le cas est infiniment délicat, et, pour un galant homme, il n'y a guère qu'un parti à prendre — non sans quelque héroïsme, pourtant. Puis, sincèrement, il est troublé, remué par ces larmes, très emballé. Il se lève, boutonne son paletot, avec un soupir de regret, et, tirant discrètement de son portefeuille quelques billets de banque, il la force à les accepter, malgré sa résistance.

— Mademoiselle, dit-il respectueusement, retrouvant toute son aisance d'homme du monde... je vous en prie !

— Monsieur, répond-elle, une fille dans ma situation, une fille qui était prête à tomber dans la boue, n'a plus de fierté à garder. J'accepte... mais comme prêt, et je veux savoir le nom de mon sauveur.

— A charge de revanche !

— Non... plus tard... Épargnez-moi. Je meurs de honte. Mais je saurai vous dire un jour ma reconnaissance profonde...

Une voiture est appelée. Elle lui tend la main. Puis, baissant sa voilette, elle se glisse, légère, dans le fiacre et disparaît, laissant le « sauveur » un peu penaud, en dépit de sa délicatesse.

Elle a donné au cocher une adresse à voix basse. Et pour cause. Une demi-heure après, elle est chez elle. — « Monsieur est-il rentré? » demande-t-elle à la bonne.

« Monsieur », en pantoufles, lisant confortablement son journal dans un bon fauteuil, en fumant un pur havane, se soulève avec nonchalance et interroge :

— Combien, ce soir ?

— Trois cents.

Le lendemain, la « demoiselle en deuil » recommence sa mélancolique promenade sur les boulevards, suivie de la scène tragique de l'honnêteté qui se débat, jouée avec une belle habileté de comédienne très sûre d'elle-même ; et, tandis qu'elle joint les mains, qu'elle lutte, qu'elle se refuse et que les larmes coulent sur son visage, elle pense, à part elle, au pâle troupeau des courtisanes vulgaires, et elle se dit :

— Si on savait pourtant combien ça rapporte plus, la vertu !

GROSCLAUDE — P. HERVIEU — RENÉ MAIZEROY
GUY DE MAUPASSANT

ILLUSTRATIONS

PAR

Caran d'Ache
Myrbach
Gambard
Anquetin

II

PARIS
C. MARPON & E. FLAMMARION, ÉDITEURS
26, RUE RACINE, 26.

CONTES DE GIL BLAS

Documents manquants (pages, cahiers...)
NF Z 43-120-13

PAGE DE TITRE

GROSCLAUDE

LA JOLIE PARFUMEUSE

ILLUSTRATIONS PAR CARAN D'ACHE

LA JOLIE PARFUMEUSE

M. Jérôme Lecanasson est célibataire. C'est même un des types les plus accomplis du genre vieux garçon.

Il s'avance automatiquement dans l'existence, comme un wagon entre les rails, s'arrêtant aux stations, voire aux buffets déterminés par son indicateur officiel, l'Habitude, sans jamais rien livrer à l'imprévu; et encore les accidents sont-ils infiniment plus rares dans sa vie que sur certaines lignes de chemins de fer.

Chaque matin, sur le coup de huit heures quarante, M. Lecanasson descend son escalier et enfile la rue des Dames; car, est-il bien nécessaire de le mentionner? cet homme d'ordre habite Batignolles; l'omnibus de l'Odéon le dépose près du palais Mazarin, où il occupe, dans les bureaux de l'Académie des sciences, la position honorable, mais peu lucrative, de conservateur des hypothèses, ce qui n'est pas une sinécure.

Au bout de deux heures et demie d'un travail modéré, mais suivi, M. Lecanasson se dirige, d'un pas mesuré, vers un établissement de bouillon, où son arrivée remplace avantageusement le canon du Palais-Royal pour la mise au point du chronomètre; il y déjeune hygiéniquement, allume un modeste cigare en sirotant une humble demi-tasse, après quoi il se livre aux douceurs d'une promenade digestive.

Son immuable itinéraire le conduit à l'entrée d'un établissement de médiocre apparence, dont l'enseigne, d'un style sévère, porte pour toute indication, un chiffre symbolique de centimes, qui, seul, me dispense...

Seul, me dispense
D'en dire plus long!

Je considère comme inutile d'ajouter que cet humble asile se dissimule à l'ombre d'un passage.

Après un court séjour dans ce petit local, M. Lecanasson, la mine épanouie, vient présenter discrètement une modeste rétribution à la dame du comptoir, qui s'entretient galamment avec lui, pendant quelques minutes. Puis il reprend le chemin du bureau.

Ce serait fastidieux de poursuivre plus longtemps le détail d'une existence aussi métronomique.

Qu'on me permette seulement d'en signaler certaines particularités, qui justifient, comme c'est le rôle des exceptions, la règle générale de ce cas bureaucratique.

En vertu d'un excellent précepte sanitaire, chaque samedi matin, M. Lecanasson se rafraîchit le tube digestif avec une demi bouteille d'eau d'Hunyadi-Janos; le même jour, par une étrange coïncidence, il fait deux visites, au lieu d'une, au petit établissement du passage.

Dans un tout autre ordre d'idées, M. Lecanasson s'offre, à dates déterminées, certaines distraction permises, telles que le théâtre, quatre fois par an, le Cirque, au 1er Janvier, et le bal de l'Opéra, à la Mi-carême.

Cette année donc, le soir du dernier bal, M. Lecanasson, fidèle au poste, gravissait solennellement le merveilleux escalier qui mène les habits noirs dans la salle des Fêtes (après avoir conduit son architecte à *celui* de la Renommée, comme dirait Touchatout), quand une petite main finement gantée, se posa sur son épaule.

Cette main appartenait, par droit de naissance, à une « jolie parfumeuse, » dont le regard étincelant, sous le loup de velours noir, frappa M. Lecanasson d'une stupeur bien naturelle : c'était, en effet, la première fois que cet homme d'ordre rencontrait une aventure, depuis trente-sept ans qu'il venait à l'Opéra.

La mystérieuse petite femme portait avec beaucoup de charme son délicieux costume; elle le remplissait peut-être même un peu trop consciencieusement, mais ce léger embonpoint n'avait rien de bien déplaisant.

Ce fut du moins l'avis du conservateur des hypothèses, qui se laissa prendre le bras et suivit sa conquête, ou, pour mieux dire, sa conquérante, à travers la foule.

Ce fut une véritable intrigue à la manière du temps jadis. La dame au loup fit bien vite croire à son cavalier de rencontre qu'elle connaissait, sur le bout du doigt, les moindres détails de son existence; après quoi, elle l'entraîna facilement dans un cabinet où l'on soupe.

A peine arrivé dans le cabinet particulier, M. Lecanasson, comme le prescrit le règlement de ce genre de plaisir, se mit à supplier le beau masque de faire voir ses traits adorés par contumace.

La jolie parfumeuse se défendit plus vivement qu'il n'est coutume de le faire :

— Prenez garde, lui disait-elle, — craignez de briser votre joujou : qui sait si vous m'aimerez autant quand vous aurez vu mon visage.

— Je ne sais quoi me dit que vous êtes bien belle! murmurait le soupirant, affolé d'amour et de curiosité — vous êtes une grande dame...

— Nenni! — répliquait la soupeuse en cinglant d'une chiquenaude une main qui la chiffonnait de trop près.

— Une actrice ?

— Point du tout.

— Alors une femme de plaisir?

— Oh ! que non pas; je gagne ma vie par un travail pénible, mais honorable. »

Le pauvre homme se convulsionnait vainement l'imagination. Après avoir épuisé la série des suppositions possibles : ni modiste, ni fleuriste, ni corsetière, etc., il allait donner sa langue au chat, quand, jetant son loup d'un geste brusque, la jolie parfumeuse lui fit reconnaître, — devinez qui ?...

La dame du petit local où M. Lecanasson venait chaque jour passer quelques instants après son déjeuner.

Ce fut un coup de foudre !

— Vous en ces lieux ! s'écria l'homme d'ordre, avec un accent où la sévérité perçait sous la stupéfaction.

— Je vous aime, monsieur Jérôme ! c'est pour vous que je suis venue, dans l'espoir de vous rencontrer, d'oser ici vous faire des aveux, qui, chaque jour, là-bas, s'arrêtaient sur mes lèvres. »

Elle disait ces mots avec une passion si vraie que M. Lecanasson resta rêveur, sans trouver rien à lui répondre.

— Oh ! mon Jérôme, continua-t-elle avec feu, mes intentions sont pures ! Ce n'est pas d'aujourd'hui que date mon amour ! La première fois que je vous vis, tout mon être a tressailli, en recevant de votre main le modique salaire, et j'avais envie de vous dire : « Oh ! revenez, monsieur, revenez pour rien, s'il le faut.

« Et depuis lors... ah ! vous ne saurez jamais tout ce que j'ai souffert, quand je vous sentais près de moi !... Me repousserez-vous? j'en mourrais! Ce serait si bon d'être votre femme ! Oh ! ne dites pas non, vous viendrez habiter, là-bas, dans les passages, mon petit entre-sol au dessus du... bureau ; nous partagerons nos devoirs comme nos plaisirs. Le travail nous portera bonheur, et nous vivrons à l'abri des besoins.

« Et puis, quelles satisfactions perpétuelles pour votre nature d'artiste : ma clientèle fourmille de

gens de lettres, de peintres et de journalistes, — autant de belles relations pour vous. Nous avons un grand romancier naturaliste qui passe sa vie dans la maison, à la recherche du document humain, je suis sûre qu'il vous adorera ! — Et le petit ténor italien qui possède un si bel *ut* de poitrine ! Vous ne manquerez pas de billets de théâtre avec lui. Il en a tant qu'il en oublie souvent là-bas, — ce sont les clients qui en profitent ! »

M. Lecanasson était rêveur ; après un long silence, tendant enfin les bras à la jolie parfumeuse, il déposa sur son front virginal le chaste baiser des fiançailles, en disant d'une voix émue :

— Vous êtes bien l'épouse qu'il me faut ! »

A cet aveu tant désiré, la jeune femme s'évanouit.

Son cavalier servant la fit revenir à elle, en lui donnant à respirer le petit flacon de sels anglais qui ne la quittait jamais ; puis, on fixa la date du mariage, et M. Lecanasson reconduisit sa fiancée jusqu'à la porte du passage.

Ce fut une délicieuse promenade au clair de lune, pendant laquelle ils firent de charmants projets d'avenir.

— Comme nous serons heureux, la-bas, disait la belle énamourée, — je vais bien vite faire venir les maçons et les peintres pour installer confortablement notre petit ménage.

— Oui, répondait M. Lecanasson, et, pour éviter l'odeur de la peinture que je ne puis pas souffrir, nous ferons, si vous le voulez, un petit voyage de noces : comme nos moyens ne nous permettent pas d'aller en Suisse, nous louerons pour, quelques semaines, un de ces élégants chalets que la municipalité vient de faire établir sur les boulevards extérieurs.

— Oh ! oui ; fit-elle, ravie, un chalet pour notre lune de miel... C'est de toute nécessité. »

PAUL HERVIEU

LE TAUREAU DU JOUVET

ILLUSTRATIONS PAR MYRBACH

LE

TAUREAU DU JOUVET

I

Sur la Grande Côte où n'ont jamais pu croître les arbres, Hugues Barros garde deux cents moutons dont le quart lui appartient.

Depuis Pâques, cela fait déjà trois mois qu'il conduit ses bêtes transhumantes au milieu des pâturages isolés qu'il a loués pour la belle saison, entre le mont des Archets, Combelouve, les Bains de l'Ours et le lac du Jouvet.

Aujourd'hui il attend ses provisions de la semaine; — les dernières sont épuisées — et il a faim.

Devant lui, la masse de son troupeau se meut lentement; et quelques toisons brunes se faufilent parmi tous les dos de laine blanche.

Hugues Barros est debout, appuyant sa haute taille

sur une solide branche de houx dont il a bagué l'écorce avec son couteau. Ses épaules robustes garnissent l'ample manteau de cuirassier qu'il a acheté, l'hiver dernier, à un de ceux qui colportent des effets de réforme et « font le marchand » dans les foires. Quand la bise raccourcit cette bonne enveloppe de drap, en la lui plaquant dans le creux des reins, le bas du pantalon de velours marron se montre tire-bouchonné dans les guêtres de gros cuir. La face inculte et dure du berger est abritée sous les larges bords d'un feutre roussi par le soleil, zébré par la poussière et par la pluie.

Hugues consulte fréquemment l'heure du ciel, et s'impatiente d'entendre ainsi crier ses entrailles.

Enfin ses deux chiens se rapprochent de lui, et grognent, en dardant leurs oreilles pointues.

Il pose, en abat-jour, sa main calleuse sur son front; et, par la combe du Nant-Gelé, il reconnaît sa femme qui grimpe à petits pas.

La Barros porte un paquet volumineux sous le bras gauche, et, du poignet droit, elle tire sur un taureau maigre, à jambes courtes, dont une corne est cassée et l'autre, plate, noire du bout.

Par instants, d'un simple mouvement de tête en arrière, le rude animal arrête sa conductrice et promène complaisamment sa langue violette sur ses flancs sombres.

— Arriv'ras-tu pas? » s'écrie le berger.

Mais sa femme, dont la gorge est oppressée par l'ascension, ne réplique rien.

Il reprend :

— Qué qu' tu m'amènes-là? Ousque t'as pris c'te bête? »

Lorsque la Barros l'a rejoint sur le sommet, elle se dépêche de répondre, d'une voix haletante :

— C'est c't'écorné qui m'a mise en r'tard... Faut qu' tu l' gardes pour l' compte à Tayot, jusqu'à qu' sa chaleur soit passée... I' n' demeure pas plus au pré qu'à l'étab'...

— D' combien qu' Tayot s'ra généreux pour la peine?

— I' m'a dit, comm' ça, qu'on s'arrangerait toujours ensemb'.

— Ouais! ouais! tu y diras que j' veux pas moins d' vingt sous par s'maine. J' paie b'en, moi, ici, quatre-vingt-dix francs d' loyer!

— J'y dirai. »

Tandis que la femme déballe son panier, l'homme va quérir un pieu et un maillet dans sa hutte de pierre; et, à quelques mètres, il fixe au sol la corde du taureau qui l'observe d'un œil injecté, immobile et sournois.

Quand Hugues revient s'asseoir contre un tertre, il a du plaisir à compter ses vivres étalés sur la terre chauve où le vent frise les rares touffes de gazon.

Bon ! cette fois-ci, la miche de pain a la vraie taille ; parfait aussi le fromage bleu en lait de vache et de chèvre... Et le lard ? où donc est-il ? on l'aura oublié ! ces sacrées femmes !...

Mais patience ! la Barros sourit : voici le lard, et le petit salé, et le tabac, et les deux litres du vin de pays qui procurera un goût aigre à l'eau crue des fontaines.

Sans retard, le pâtre calme son appétit et cause, la bouche pleine : « Les enfants vont bien ? L'aîné a recommencé ses tours ; c'en est un qui promet ! gare les femelles ! Et le père ? Il ne veut toujours pas se laisser opérer de sa glande au gosier ? Il étouffera un de ces bons matins ; enfin, on lui a répété le conseil assez souvent ! Ah ! le garde champêtre s'est décidé à flanquer un procès-verbal contre les oies de Joseph Mabre. Il se faisait temps ! Et cette poudre à fusil que le voiturier doit rapporter d'Albertville, quand est-ce ? Justement un couple de vautours tourne, depuis la veille, autour du grand Rey d'où un agneau a chu. »

Hugues Barros a terminé son frugal repas. Il dévisse le bouchon en bois de l'outre qu'il porte en bandoulière ; il lève, à deux mains, la peau de bouc qu'il pressure en dirigeant, sur sa langue, un jet mince et frais de boisson.

Alors, lissant ses moustaches, il se penche sur sa

femme et lui fournit, sans avoir à se cacher de personne, le grand baiser de nature dont ils ont le droit.

II

Pendant que la Barros, allégée de son fardeau, redescend d'une allure leste et ferme les pentes qui mènent au village de Longefroy, son mari, allongé sur le ventre et repu, aspire d'épaisses bouffées dans sa pipe noire.

D'ici huit jours, sans doute, il n'apercevra plus figure humaine... Qu'importe !...

Sous ses paupières mi-closes, il voit miroiter, dans la vallée d'Aime, la raide lame de l'Isère qui perce les bois et les pierres. Les maisons de Centron, plantées au cœur d'une vieille forêt, lui apparaissent comme des papillons jaunes dans une haie d'églantiers ; et les vignes de Bellentre, au loin, verdissent la terre comme un bas tapis de mousse.

Quand le berger tourne son visage sur l'oreiller de ses coudes, il distingue, au fond de l'autre versant, les lacs verts du val de Tignes qui semblent d'étroits abreuvoirs où les cascades trempent ainsi que des crinières de chevaux blancs.

Il s'assoupit enfin, du sommeil de midi, lourd et sans rêve.

Soudain, les aboiements de ses chiens le réveillent : le taureau, d'un violent effort, a déplanté son piquet qu'il traîne, en répandant la panique, parmi les béliers et les brebis pleines.

— Sus au taure!... Kss!... kss!... Mords-le!... crie Hugues Barros, avec des gestes furieux.

Mais les chiens, inaccoutumés à ce service, hurlent sur place et refusent d'avancer.

— Attends, l'écorné, que j' t'arrange! »

Et il marche au taureau.

Celui-ci s'arrête hardiment, et baisse son front menaçant et mutilé.

Barros lui applique, sur le mufle, un coup de maillet; et, dès que l'autre, se détourne en beuglant, il empoigne de près son lien. Puis, d'une seule main, il renfonce vigoureusement le pieu, va chercher des blocs pesants et en charge toute la longueur de la corde, jusqu'à ce que les naseaux de la bête soient collés à la lisière du sol.

— Jeûne un peu, dit-il, ça t' calm'ra. »

Et il lui détache, sur l'échine, une volée de coups de bâton.

Ensuite il mène son troupeau vers une pâture nouvelle.

Les bestiaux serrés découvrent, en s'éloignant, les racines rases de l'herbe dévastée; et, tandis que les chiens les harcèlent, leurs pieds fourchus fendent hâtivement la corolle rouge ou bleue des digitales, des aconits et de toutes les fleurs malsaines dont leur voracité se garde.

..... Aux approches du soir, Hugues revient avec ses moutons qu'il parque, les uns sautant sur les autres, entre une roche géante et trois petites claies.

Mais l'écorné a encore trouvé moyen de se délivrer; et il rôde là-bas, reniflant la brise, poussant des mugissements espacés, fouettant ses cuisses avec la mèche hérissée des poils qui prolongent sa queue souple.

Le berger stupéfait, gronde entre ses dents:

— Ah! t'en veux, carogne! t'en auras! »

Le voilà qui repart en courant, son gourdin pendu au coude par la martingale.

Le taureau, qui attend d'un air décidé, fouille la terre du sabot et projette des mottes. Puis, au moment de lutter, il remue son œil fourbe, et d'un élan oblique se dérobe par le vallon d'Armène.

Hugues Barrros le poursuit; et c'est une chasse enragée à travers les escarpements de schiste, les culots de neige, les éboulis de cailloux et les eaux vives.

Une seule fois, près de la grange ruinée des Blancs, l'homme a rattrapé la brute. Il a voulu la saisir derrière, par les cornes, et l'abattre, comme il avait appris, en lui tordant le cou. Mais, sur une des tempes, sa main n'a rencontré qu'un tronçon et une oreille. Il s'y est néanmoins suspendu, en lançant des coups de souliers ferrés dans les jarrets de son adversaire. Celui-ci, par l'avantage de sa corne absente, s'est dégagé d'un bond, et a disparu au milieu de la nuit enfin montée des plaines.

Barros, qui a roulé dans une fondrière, maugrée en se redressant :

« — Eh ! va-t-en au diable ! »

Ses paumes et ses genoux écorchés saignent et lui cuisent. Il s'oriente dans l'obscurité crépusculaire, et découvre, sous un dernier reflet, le plateau où son gîte est perché. Il regagne péniblement la Grande-Côte ; mais, dès qu'il y a débouché, le bruit d'un galop puissant l'émotionne...

Une forme, plus noire que le noir des ténèbres environnantes, se précipite à sa rencontre. Et, sans même avoir eu le temps de lâcher un cri, il tombe à la renverse, évanoui, la poitrine trouée par la corne unique du taureau.

III

. . . .

Quand il reprend connaissance, la lune ronde plane dans le ciel. La chute de son humide et fine clarté baigne le cirque des glaciers alentour ; et, depuis le col du Soufre jusqu'au Mont-Pourri, en passant par Gebroulaz, la Grande-Casse et l'Iseran, la surface des neiges brille comme si une flore d'étincelles s'épanouissait sur des parterres de cristaux.

Hugues Barros a très froid.

Il veut se lever ; mais, à ce mouvement, une atroce douleur le mord au creux de l'estomac ; et sa main, qu'il y met, en ressort toute poissée, et, autant qu'il peut voir, rougie dans les pores.

Alors il se rappelle ce qui s'est accompli.

Il exhale un soupir qui lui arrache un gémissement. Il se sent touché à fond, et il lui vient, de la solitude, une peur qu'il n'a jamais connue. La fièvre fait frissonner tout son corps et hallucine ses yeux. En face, le Mont-Blanc lui paraît grandir jusqu'à la lune ; et, sur ses flancs, dansent l'Allée Blanche et le Glacier des Glaciers.

Il appelle follement. Sa voix brisée, qui l'effraye, tombe dans le désert et le silence universel. Les moutons dorment ainsi que les chiens.

Lentement la nuit s'écoule et se dissipe devant l'aurore.

Le soleil surgit sous son arc triomphal, dont les couleurs surnaturelles sont bleu d'or, rouge de perle, gris de feu.

Ebloui de lumière, Barros tâche, en coulant son regard, d'assouvir l'épouvantable curiosité qu'il a de sa blessure. Il souffre d'une souffrance horrible. Sa ressource est d'appuyer ses poings sur le bâillement de la plaie ; et la dépense de forces, qu'il fait ainsi, le soulage momentanément ; son sang, caillé sur la pelouse, scintille et se confond avec la gelée blanche. Une soif ardente le consume ; mais il ne peut attirer sa gourde que la chute a jetée sous son dos.

Cependant les chiens, surpris de son retard insolite, aboient en chœur ; et les moutons affamés, dérangeant leur fragile clôture, se sauvent, en foule bêlante, dans les gazons frais. Et, tout à l'heure, le troupeau ne sera plus qu'un point imperceptible se perdant vers les Frasses.

Bientôt le berger entend, à peu de distance, le taureau souffler les âpres sanglots de son rut. Il n'est pas alarmé de ce retour ; au contraire, il voudrait que la bête se ruât de nouveau sur lui, et l'achevât. Sans ça, combien de temps va-t-il mettre à mourir, en se tordant comme un damné ?

... Mais voilà qu'il est pris d'une subite anxiété. ... Quelque chose se passe là-bas ?...

Une troupe d'individus descendent de mulets et gravissent à pied le cône terminal du Jouvet : quatre hommes et deux femmes en toilettes claires.

Barros voit nettement les silhouettes se profiler dans l'air vide, et les bras pointer des lorgnettes sur les grandes lignes du paysage.

Il s'exaspère qu'on ne « guette » point de son côté; et il s'apitoie sur lui-même, tandis que l'ombre démesurée de ces gens qui l'avait presque atteint, s'éloigne.

Il les implore faiblement du geste et de la voix. Ses tentatives sont vaines. Les touristes repartent sans l'avoir aperçu, et le taureau seul répond à sa plainte par les siennes.

Il murmure :

— Crève-les donc aussi, carogne !

Il réfléchit au malheur dont il est victime. La chance lui a toujours manqué. Ce n'est pourtant pas qu'il ait du mal à se reprocher... Et les circonstances de sa vie défilent devant sa mémoire. Il revoit surtout l'époque où on l'a empêché de rester soldat, et les heures durant lesquelles ses trois petits sont nés... Il se rappelle encore la physionomie tranquille d'un voisin que jadis il a regardé rendre l'esprit entouré de ses proches...

... La journée s'avance ; le soleil est voilé.

Des brouillards compacts entrent en France par leur route familière du Petit-Saint-Bernard, où ils se condensent; et, glissant à toute vitesse, ils abordent la Grande-Côte sur laquelle leur interminable procession commence, avec les hymnes du vent.

Hugues Barros ne distingue plus rien sur terre. Une écume légère sourd aux coins de ses lèvres; des spasmes fréquents secouent ses membres. Par un suprême effort, il se soulève graduellement jusqu'à ce qu'il soit sur son séant.

Et il meurt assis, les yeux vagues, comme un être qui s'éveille.

RENÉ MAIZEROY

THÉRÈSE VIGNEAUX

ILLUSTRATIONS PAR GAMBARD

THÉRÈSE VIGNEAUX

I

Thérèse pleurait, les lèvres écrasées contre son mouchoir pour étouffer ses sanglots.

Ils s'étaient assis sur un des bancs du Jardin public, dans une allée déserte où de vagues lueurs d'étoiles filtraient entre les branches. Elle ne trouvait pas une parole à lui dire. Cette pensée que l'homme qu'elle adorait allait partir, que la musique qui leur arrivait par lambeaux rhythmait les toasts d'une réception d'adieux et qu'après demain, à pointe d'aube, le régiment, clairons en tête, disparaîtrait là-bas au détour de la grand'route et ne reviendrait jamais à Saint-Martéjoux, cette vision brusque de solitude, de volets fermés, d'amour brisé, lui serraient le cœur comme en un étau. Et elle frottait son corps enfiévré au dolman de l'officier, elle se pelotonnait dans ses bras et tressaillait sous ses baisers avec une immense et croissante douleur.

C'était fini.

Elle reprendrait la vie ancienne sans rêves, sans joies à côté de son père, de ce bon monsieur Vigneaux, comme disaient les autres employés de la préfecture, de l'homme égoïste qui ne songeait qu'à ses paperasses, à ses parties de dominos au café Triadoux et à sa collection de rosiers. Elle se languirait ainsi qu'une exilée, toute seule dans leur morne maison de la rue Perchepinte.

Montauriol se taisait comme elle, l'étreignait avec un emportement désespéré. Les heures sonnaient dans les nombreux clochers. Des feuilles mortes tourbillonnaient. Et comme s'ils eussent cédé aux charmes de la nuit douce et voulu s'imprégner d'un seul coup de tout le bonheur qu'interrompait cette séparation brutale, ils repassèrent date par date leur histoire depuis le bal officiel où il lui avait été présenté pour la première fois.

Il la revoyait dans ces vastes salons avec son air timide de jeune fille pauvre qui a cousu sa toilette de mousseline elle-même, mais si jolie avec ses cheveux d'un blond cendré que retenait un ruban bleu, sa tête de pastel où les yeux luisaient comme les prunelles vertes des chattes, où les oreilles petites étaient piquées de deux grains de corail pareils à des gouttelettes de sang. Ils avaient valsé ensemble toute la nuit, ils s'étaient écrit ensuite, chaque jour. Elle allait, avec son capulet rouge sur le front, chercher ses lettres à la poste restante dès que le soir tombait. Cela lui brûlait l'être, la rendait comme grise. Elle s'échappait par la porte du jardin. Il courait la rejoindre dans les églises, dans les ruelles solitaires de faubourg. Ils se promenaient, le bras à la taille. Ils s'embrassaient. Ils se juraient de s'adorer jusqu'à la mort. Et le jour où M. Vigneaux avait pris un congé pour assister à l'enterrement d'une cousine qui lui laissait son héritage, elle s'était donnée tout entière, simplement, amoureusement, sans hésiter, comme une fiancée qui tient sa promesse.

Elle lui appartenait maintenant.

Dès qu'il faisait un signe, dès qu'il le désirait, elle accourait leste et pimpante dans la chambre du lieutenant, tirait les rideaux, se déshabillait comme si toute sa toilette n'eût tenu qu'à une épingle. Elle avait des chemises qui sentaient l'iris, une gaieté de gamine que la tiédeur des oreillers met en folie. Elle bernait son père comme un tuteur de comédie, n'attendait même pas, pour s'enfuir, qu'il eût boutonné ses manches de lustrine et tourné le dos, inventait des prétextes continuels pour expliquer ses absences, ses retours au milieu de la nuit avec son corset roulé dans un journal et des frisons emmêlés que, dans la hâte de l'heure oubliée, elle ne se donnait même pas la peine de recoiffer. Elle n'avait plus conscience ni des jours ni des mois, dérivait à vau-l'eau, ne voyait dans la vie qu'une succession de minutes pareilles, heureuses et trop brèves lorsqu'elle était auprès de son amant, interminables et moroses lorsqu'elle se morfondait loin de lui.

Et, parce que des soldats ameutés par une fille avaient saccagé une guinguette de barrière, parce que le colonel en avait profité pour traiter le maire comme un domestique malhonnête, parce que des querelles éclataient dans les cafés, on expédiait le régiment à l'autre bout du pays, dans une garnison de frontière. Thérèse répétait en hochant la tête, atterrée devant l'écroulement de son bonheur :

— Mon Dieu! Est-ce possible que tu t'en ailles si loin, pour toujours! »

Alors, n'y tenant plus, il la supplia d'abandonner ce père qui ne l'aimait pas, de déserter la maison familiale où aucune affection ne la retenait. Il avait assez de fortune pour vivre à deux. Elle était libre de ses actes. Là-bas, personne ne la connaissait. Ils demeureraient ensemble. Elle serait comme sa femme. Ils n'auraient plus besoin de se cacher, de regarder la pendule, de mentir. Il lui montrait, comme en un mirage, une existence tranquille, béate, dans laquelle on s'assoupit, on s'enfonce.

Les larmes de la jeune fille s'étaient séchées. Elle n'osait pas l'interrompre. Et lorsqu'il eut fini, elle lui noua câlinement les mains autour du cou et murmura avec des inflexions lentes :

— C'est vrai, c'est bien vrai, dis... Tu me veux complètement avec toi?... »

II

Thérèse était arrivée avec deux petites malles et la robe qu'elle avait sur elle.

On aurait dit, à les voir dans cet appartement meublé qu'il payait soixante francs par mois, de deux enfants qui jouent au ménage. L'ordonnance n'osait jamais ouvrir la porte. Montauriol ne faisait plus de visites, ne mettait le pied au cercle que pour les réceptions, était continuellement aux arrêts, se dispensait huit fois sur dix de déplier sa serviette à la pension. Il s'endettait. Il n'était heureux que dans son intérieur, les coudes sur la nappe, leurs deux chaises tout près l'une de l'autre. Il ne sortait qu'avec Thérèse. Il s'affichait avec elle, en tenue. Il songeait à l'épouser, à régulariser cette situation fausse dont il souffrait quelquefois pour sa maîtresse.

Celle-ci acceptait tout ce qu'il exigeait, l'enveloppait de tendresses incessantes. Avec son intuition de femme aimante, elle sentait bien qu'on l'épiait, qu'on la jalousait, qu'on sapait sourdement leur logis fermé comme une prison mystérieuse. Elle en avait d'abord été ulcérée, irritée jusqu'au tréfond de l'âme ; mais les baisers de son amant la consolaient aussitôt, détournaient le cours de ses idées noires.

Ne fallait-il pas payer par quelques souffrances cet amour, ces joies ? Avait-elle le droit de se plaindre, d'accuser le sort pour des vétilles absurdes ? Que lui importait d'être toisée insolemment comme une gadoue par la colonelle, à la messe, de ne se voir saluer que par quelques sous-lieutenants, d'apprendre par des lettres anonymes qu'on la tournait en ridicule, que la grosse Madame Vignerol, une ancienne cantinière des zouaves, ramassée en campagne par un capitaine décavé, l'éclaboussait de calomnies grossières, que la femme du chef de musique qui, à défaut d'officiers, couchait avec les sergents-majors, disait en pinçant ses lèvres maquillées :

— C'est dégoûtant de tolérer des traînées pareilles dans un régiment ! »

Puis, malgré elle, devant cette guerre acharnée qu'on lui déclarait, qui ne désarmait pas un seul jour, elle eut peur, elle perdit son assurance hautaine de femme qui se sait idolâtrée. On la relançait partout, on la traquait comme une bête dangereuse. On ne lui épargnait aucune humiliation, aucune torture. On écrivait sur elle des choses infâmes à Montauriol. On se moquait de lui pendant les pauses de l'exercice. Tout le régiment semblait s'être ligué pour les séparer, pour lui rendre cette liaison odieuse. On le punissait. Le colonel l'avait noté déplorablement à l'inspection et rayé du tableau d'avancement. Sa mère ne lui répondait plus, ne lui envoyait pas sa pension accoutumée.

Peu à peu, cela l'énervait, le montait contre la malheureuse qui n'était coupable après tout que de l'avoir écouté. La haine des autres s'infiltrait dans son cerveau comme un poison versé goutte à goutte. Il devenait injuste. Il la harcelait de taquineries méchantes, se moquait de son accent gascon, de son profil de bourgeoise, de ses toilettes modestes. Il s'emportait pour un rien, jurait, lui reprochait avec amertume d'entraver sa carrière, de l'avoir acculé au fond d'une impasse. Il s'en allait en battant les portes, agacé par sa figure résignée, ses yeux baignés d'une tristesse mortelle et lui criait :

— Vrai, tu m'embêtes avec tes airs navrés. On croirait que je te rends malheureuse ! »

Thérèse baissait la tête, ne se plaignait pas, ne dormait plus, ne lui adressait aucun reproche. Elle se contentait d'une poignée de main ou d'une caresse distraite, se débattait comme une blessée qui agonise sur la route au milieu des ténèbres, qui cherche en vain une flaque d'eau pour étancher sa soif ardente et n'a plus le courage de se traîner, d'appeler au secours...

III

Montauriol lui secouait les poignets, l'invectivait d'une voix enrouée d'ivrogne qui a lampé quelques carafons d'eau-de-vie. Il s'échauffait, titubait en la heurtant aux meubles comme une masse inerte et machinalement cherchait aux quatre coins de la chambre une cravache pour frapper la malheureuse. Elle était pâle et le dévisageait de ses prunelles élargies par une épouvante affreuse. Ses tempes bourdonnaient comme martelées par des doigts opiniâtres. Elle sentait son cerveau se vider comme par une fêlure agrandie. Le lieutenant, exsaspéré par ce silence, hurlait comme s'il eût voulut qu'on l'entendît d'un bout à l'autre de la ville :

— Catin! catin! Tu crois que j'ignore où tu te vautres pendant que je ne suis pas là! On t'a pour cent sous! On t'aurait pour un paquet de tabac et l'on me montre du doigt à la caserne, même les soldats! Tous les camarades y ont passé, ose donc dire que ce n'est pas vrai, tous, Mathivet, Saint-Clair, Dauniol, tous ont sali mes draps, salope! Et tu t'imagines que cela se passera comme autrefois, que je consentirai à te tirer comme un boulet toute ma vie, à avoir à cause de toi l'air d'un idiot ou d'un Alphonse... »

Elle frissonnait. Ces phrases mauvaises entraient dans sa chair pantelante comme des coups de couteau et, raidie, échevelée, elle s'exclama, les dents serrées:

— Je m'en vais, je m'en vais... Tais-toi, je m'en vais! »

Il éclata de rire et lui ouvrit la porte au large. Elle descendit les escaliers d'un pas automatique de somnambule. Son peignoir usé balayait les marches poussiéreuses. Dans la rue, une de ses pantoufles tomba. Elle continua à marcher, déchirant son bas sur les pavés pointus. Elle mumurait avec une terreur machinale. « Je m'en vais, je m'en vais », et traversait les places et les carrefours. Des passants attardés la suivaient, la prenaient pour une raccrocheuse ivre. Elle allait droit devant elle, sans rien entendre, sans rien voir: Et elle dévala enfin sur la berge du canal, devant l'écluse des Célestins, d'où l'eau s'égouttait avec une plainte monotone. L'ombre épaisse des platanes noircissait la nappe stagnante. On eût dit d'un grand linceul de velours sombre. Un reflet de lune y vacillait comme un regard attirant. Thérèse répéta encore : « Je m'en vais, je m'en vais ! » et se jeta dans le bassin...

Le lieutenant Montauriol (Charles-Edmond) a été proposé au choix pour le grade de capitaine, et il doit épouser en septembre la fille du général comte Labillette, commandant du vingt-troisième corps d'armée.

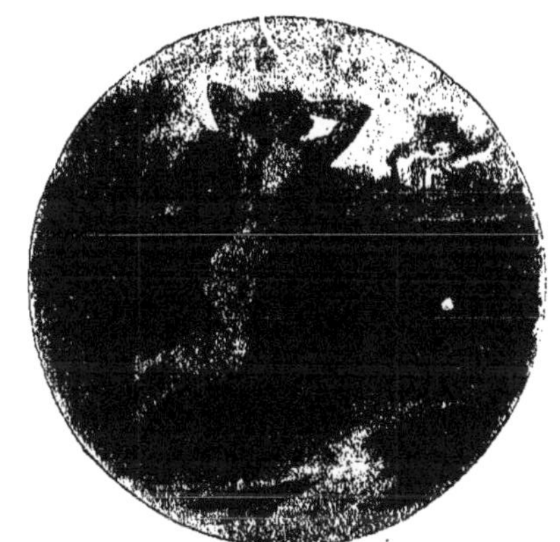

GUY DE MAUPASSANT

UN ÉCHEC

ILLUSTRATIONS PAR ANQUETIN

« Allons donc, c'est stupide de dire ces choses-là ?

— Il n'est jamais stupide de dire la vérité. Je te répète qu'un garçon, pas laid, pas bête, assez roué, habitué aux femmes, à leurs manières, à leurs défenses, à leurs caprices, à leurs faiblesses, qui sait lire dans leur cœur, dans leur âme et dans leurs yeux, qui pressent leurs défaillances et devine les fluctuations de leurs désirs, vient toujours à bout de celles qu'il veut. Je dis toujours, et de toutes, presque sans exception. Et l'exception dans ce cas ne fait que confirmer la règle. »

Quatre jeunes gens debout écoutaient la discussion. Trois d'entre eux tenaient pour Jean de Valézé qui soutenait la cause de la pluralité des femmes honnêtes. Un seul soutenait énergiquement l'avis de Simon Lataille, qui reprit : « A quoi sert la discussion sur ce point, d'ailleurs, et comment nous entendrions-nous? Nous ne jugeons, nous ne pouvons juger de ces choses que d'après notre expérience personnelle. Or, si vous avez trouvé beaucoup de rebelles, il est indubitable que vous devez croire à la sagesse des femmes, tandis que si j'ai rencontré beaucoup de défaillantes, j'ai le droit de conclure à leur faiblesse. Or, songez que la vertu et la résistance ne tiennent à rien, à un cheveu, comme on dit, oui, à une mèche de cheveux frisés d'une certaine façon, à l'expression d'un œil, au je ne sais quoi mystérieux qui rend un être, homme ou femme, instantanément désirable pour les créatures d'un sexe différent.

Celui-là, ce privilégié triomphera toujours ou presque toujours, sans effort, par la seule puissance de sa nature, en vertu de ce don secret qu'il a, de ce charme inconnu et sensuel qu'il porte en lui, don et charme inaperçus de ses voisins de même race, alors que ces mêmes voisins, plus intelligents, plus beaux même, échoueront dans leurs tentatives. D'où il résulte que deux hommes pareils ont le droit de ne pas voir la vie et les femmes de la même façon.

Et puis il y a ceux qui s'y prennent mal, ceux qui

se découragent trop vite, ceux qui ne distinguent jamais le moment précis et surtout ceux qui désirent peu parce qu'ils ne savent pas vraiment aimer les femmes. Je dis que le vrai désir, le désir brûlant, le désir qui fait frémir la main et enflamme le regard est contagieux comme une maladie. Une femme qui se sent désirée ainsi, appelée ainsi est à moitié vaincue d'avance. Et elles sentent cela, par tous leurs nerfs, par tous leurs organes, par toute leur peau. Ce genre de sympathie-là est irrésistible, voyez-vous. Mais, sacrebleu, il faut que le ton de toutes vos paroles, que tous les mouvements de votre bouche, que toutes les caresses de vos yeux, leur disent et leur répètent l'ardeur de votre appel. Si vous causez avec elles comme vous le feriez avec un professeur d'histoire, elles vous résisteront jusqu'au jugement dernier ! Quoi que vous leur disiez, pensez à leur étreinte, pensez à leur baiser, pensez à leur nudité, et derrière vos paroles les plus chastes et les plus graves, elles devineront, elles sentiront cette sollicitation pressante et muette. *Experto crede Roberto.* »

Jean de Valézé répondit :

— Alors on ne t'a jamais résisté, à toi ?

— Si, et tout dernièrement encore. Je vais vous dire ça, c'est assez drôle. Mais, qui sait? je me suis peut-être trompé sur l'instant de la dernière attaque.

Enfin, voici. J'allais à Turin en traversant la Corse.

Je pris à Nice le bateau pour Bastia, et, dès que nous fûmes en mer, je remarquai, assise sur le pont, une jeune femme gentille et assez modeste, qui regardait au loin. Je me dis : « Tiens, voilà ma traversée. »

Je m'installai en face d'elle et je la regardai en me demandant tout ce qu'on doit se demander quand on aperçoit une femme inconnue qui vous intéresse : sa condition, son âge, son caractère. — Puis on devine, par ce qu'on voit, ce qu'on ne voit pas. On sonde avec l'œil et la pensée les dedans du corsage et les dessous de la robe. On note la longueur du buste quand elle est assise ; on tâche de découvrir la cheville ; on remarque la qualité de la main qui révélera la finesse de toutes les attaches, et la qualité de l'oreille qui indique l'origine mieux qu'un extrait de naissance toujours contestable. On s'efforce de l'entendre parler pour pénétrer la nature de son esprit et les tendances de son cœur par les intonations de sa voix. Car le timbre et toutes les nuances de la parole montrent à un observateur expérimenté toute la contexture mystérieuse d'une âme, l'accord étant toujours parfait, bien que difficile à saisir, entre la pensée même et l'organe qui l'exprime.

Donc j'observais attentivement ma voisine, cherchant les signes, analysant ses gestes, attendant des révélations de toutes ses attitudes.

Elle ouvrit un petit sac et tira un journal. Je me

frottai les mains. « Dis-moi qui tu lis, je te dirai ce que tu penses. »

Elle commença par l'article de tête, avec un petit air content et friand. Le titre de la feuille me sauta aux yeux : l'*Echo de Paris*. Je demeurai perplexe. Elle lisait une chronique de Scholl. Diable ! c'était une scholliste — une scholliste ? Elle se mit à sourire : une gauloise. Alors pas bégueule, bon enfant. Très bien. Une scholliste — oui, ça aime l'esprit français, la finesse et le sel, même le poivre. Bonne note. Et je pensai : Voyons la contre-épreuve.

J'allai m'asseoir auprès d'elle et je me mis à lire, avec non moins d'attention, un volume de poésies que j'avais acheté au départ. *La Chanson d'amour*, par Félix Frank.

Je remarquai qu'elle avait cueilli le titre sur la couverture, d'un coup d'œil rapide, comme un oiseau cueille une mouche en volant. Plusieurs voyageurs passaient devant nous pour la regarder. Mais elle ne semblait penser qu'à sa chronique. Quand elle l'eut finie, elle posa le journal entre nous deux.

Je la saluai et je lui dis : « Me permettez-vous, Madame, de jeter un coup d'œil sur cette feuille?

— Certainement, Monsieur.

— Puis-je vous offrir, pendant ce temps, ce volume de vers ?

— Certainement, Monsieur. C'est amusant? »

Je fus un peu troublé par cette question. On ne demande pas si un recueil de vers est amusant. — Je répondis : « C'est mieux que cela, c'est charmant, délicat et très artiste.

— Donnez alors. »

Elle prit le livre, l'ouvrit et se mit à le parcourir avec un petit air étonné prouvant qu'elle ne lisait pas souvent de vers.

Parfois, elle semblait attendrie, parfois elle souriait, mais d'un autre sourire qu'en lisant son journal.

Soudain, je lui demandai : « Cela vous plaît-il ?

— Oui, mais j'aime ce qui est gai, moi, ce qui est très gai ; je ne suis pas sentimentale. »

Et nous commençâmes à causer. J'appris qu'elle était femme d'un capitaine de dragons en garnison à Ajaccio et qu'elle allait rejoindre son mari.

En quelques minutes, je devinai qu'elle ne l'aimait guère, ce mari ! Elle l'aimait pourtant mais avec réserve, comme on aime un homme qui n'avait pas tenu grand'chose des espérances éveillées aux jours des fiançailles. Il l'avait promenée de garnison en garnison, à travers un tas de petites villes tristes, si tristes ! Maintenant, il l'appelait dans cette île qui devait être lugubre. Non, la vie n'était pas amusante pour tout le monde. Elle aurait encore préféré demeurer chez ses parents, à Lyon, car elle connaissait tout le monde à Lyon. Mais il lui fallait aller en Corse maintenant. Le ministre, vraiment, n'était pas aimable pour son mari, qui avait pourtant de très beaux états de service.

Et nous parlâmes des résidences qu'elle eût préférées.

Je demandai : « Aimez-vous Paris ? »

Elle s'écria : « Oh ! Monsieur, si j'aime Paris ! Est-il possible de faire une pareille question ? »

Et elle se mit à me parler de Paris avec une telle ardeur, un tel enthousiasme, une telle frénésie de convoitise que je pensai : « Voilà la corde dont il faut jouer ».

Elle adorait Paris, de loin, avec une rage de gourmandise rentrée, avec une passion exaspérée de provinciale, avec une impatience affolée d'oiseau en cage qui regarde un bois toute la journée, de la fenêtre où il est accroché.

Elle se mit à m'interroger, en balbutiant d'angoisse ; elle voulait tout apprendre, tout, en cinq minutes. Elle savait les noms de tous les gens connus, et de beaucoup d'autres encore dont je n'avais jamais entendu parler.

— Comment est M. Gounod ? Et M. Sardou ? Oh ! Monsieur, comme j'aime les pièces de M. Sardou ! Comme c'est gai, spirituel ! chaque fois que j'en vois une, je rêve pendant huit jours ! j'ai lu aussi un livre de M. Daudet qui m'a tant plu ! *Sapho*, connaissez-vous ça ? Est-il joli garçon, M. Daudet ? L'avez-vous vu ? Et M. Zola, comment est-il ? Si vous saviez comme *Germinal* m'a fait pleurer ! Vous rappelez-vous le petit enfant qui meurt sans lumière ? Comme c'est terrible ! J'ai failli en faire une maladie. Ça n'est pas pour rire, par exemple ! J'ai lu aussi un livre de M. Bourget, *Cruelle Enigme* ! J'ai une cousine qui a si bien perdu la tête de ce roman-là qu'elle a écrit à M. Bourget. Moi, j'ai trouvé ça trop poétique. J'aime mieux ce qui est drôle. Connaissez-vous M. Grévin ? Et M. Coquelin ? Et M. Damala ? Et M. Rochefort ? On dit qu'il a tant d'esprit ! Et M. de Cassagnac ? Il paraît qu'il se bat tous les jours ?... »

. . . .

Au bout d'une heure environ, ses interrogations commençaient à s'épuiser ; et ayant satisfait sa curiosité de la façon la plus fantaisiste, je pus parler à mon tour.

Je lui racontai des histoires du monde, du monde parisien, du grand monde. Elle écoutait de toutes ses oreilles, de tout son cœur. Oh ! certes, elle a dû prendre une jolie idée des belles dames, des illustres dames de Paris. Ce n'étaient qu'aventures galantes, que rendez-vous, que victoires rapides et défaites passionnées. Elle me demandait de temps en temps : « Oh ! c'est comme ça, le grand monde ? »

Je souriais d'un air malin : « Parbleu. Il n'y a que les petites bourgeoises qui mènent une vie plate et monotone par respect de la vertu, d'une vertu dont personne ne leur sait gré... »

Et je me mis à saper la vertu à grands coups d'ironie, à grands coups de philosophie, à grands coups de blague. Je me moquais, avec désinvolture, des pauvres bêtes qui se laissent vieillir sans avoir rien connu de bon, de doux, de tendre ou de galant, sans avoir jamais savouré le délicieux plaisir des baisers dérobés, profonds, ardents, et cela parce qu'elles ont épousé une bonne cruche de mari dont la réserve conjugale les laisse aller jusqu'à la mort dans l'ignorance de toute sensualité raffinée et de tout sentiment élégant.

Puis, je citai encore des anecdotes, des anecdotes de cabinets particuliers, des intrigues que j'affirmais connues de l'univers entier. Et, comme refrain, c'était toujours l'éloge discret, secret, de l'amour brusque et caché, de la sensation volée comme un fruit, en passant, et oubliée aussitôt qu'éprouvée.

La nuit venait, une nuit calme et chaude. Le grand navire tout secoué par sa machine, glissait sur la mer, sous l'immense plafond du ciel violet, étoilé de feu.

La petite femme ne disait plus rien. Elle respirait lentement et soupirait parfois. Soudain elle se leva :

— Je vais me coucher, dit-elle, bonsoir, Monsieur. »

Et elle me serra la main.

Je savais qu'elle devait prendre le lendemain soir la diligence qui va de Bastia à Ajaccio à travers les montagnes, et qui reste en route toute la nuit.

Je répondis :

— Bonsoir, Madame. »

Et je gagnai, à mon tour, la couchette de ma cabine.

J'avais loué, dès le matin du lendemain, les trois places du coupé, toutes les trois, pour moi tout seul.

Comme je montais dans la vieille voiture qui allait quitter Bastia, à la nuit tombante, le conducteur me demanda si je ne consentirais point à céder un coin à une dame.

Je demandai brusquement : « A quelle dame?

-- A la dame d'un officier qui va à Ajaccio.

— Dites à cette personne que je lui offrirai volontiers une place. »

Elle arriva, ayant passé la journée à dormir, disait-elle. Elle s'excusa, me remercia, et monta.

Ce coupé était une espèce de boîte hermétiquement close et ne prenant jour que par les deux portes. Nous voici donc en tête-à-tête, là-dedans. La voiture allait au trot, au grand trot, puis elle s'engagea dans la montagne. Une odeur fraîche et puissante d'herbes aromatiques entrait par les vitres baissées, cette odeur forte que la Corse répand autour d'elle, si loin que les marins la reconnaissent au large, odeur pénétrante comme la senteur d'un corps, comme une sueur de la terre verte imprégnée de parfums, que le soleil ardent a dégagés d'elle, a évaporés dans le vent qui passe.

Je me remis à parler de Paris, et elle recommença

à m'écouter avec une attention fiévreuse. Mes histoires devenaient hardies, astucieusement décolletées, pleines de mots voilés et perfides, de ces mots qui allument le sang.

La nuit était tombée tout à fait. Je ne voyais plus rien, pas même la tache blanche que faisait tout à l'heure le visage de la jeune femme. Seule la lanterne du cocher éclairait les quatre chevaux qui montaient au pas.

Parfois le bruit d'un torrent roulant dans les rochers nous arrivait, mêlé au son des grelots, puis se perdait bientôt dans le lointain, derrière nous.

J'avançai doucement le pied et je rencontrai le sien qu'elle ne retira pas. Alors je ne remuai plus, j'attendis, et soudain, changeant de note, je parlai tendresse, affection. J'avais avancé la main et je rencontrai la sienne. Elle ne la retira pas non plus. Je parlais toujours, plus près de son oreille, tout près de sa bouche. Je sentais déjà battre son cœur contre ma poitrine. Certes il battait vite et fort — bon signe; — alors, lentement, je posai mes lèvres dans son cou, sûr que je la tenais, tellement sûr que j'aurais parié ce qu'on aurait voulu.

Mais, soudain, elle eut une secousse comme si elle se fût réveillée, une secousse telle que j'allai heurter l'autre bout du coupé. Puis, avant que j'eusse pu comprendre, réfléchir, penser à rien, je reçus d'abord cinq ou six gifles épouvantables, puis une grêle de coups de poing qui m'arrivaient, pointus et durs, tapant partout, sans que je pusse les parer dans l'obscurité profonde qui enveloppait cette lutte.

J'étendais les mains, cherchant, mais en vain, à saisir ses bras. Puis, ne sachant plus que faire, je me retournai brusquement, ne présentant plus à son attaque furieuse que mon dos, et cachant ma tête dans l'encoignure des panneaux.

Elle parut comprendre, au son des coups peut-être, cette manœuvre de désespéré, et elle cessa brusquement de me frapper.

Au bout de quelques secondes, elle regagna son coin et se mit à pleurer, à pleurer par grands sanglots éperdus qui durèrent une heure au moins.

Je m'étais rassis, fort inquiet et très honteux. J'aurais voulu parler, mais que lui dire? Je ne trouvais rien. M'excuser? C'était stupide! Qu'est-ce que vous auriez dit, vous? Rien non plus, allez.

Elle larmoyait maintenant et poussait parfois de gros soupirs, qui m'attendrissaient et me désolaient. J'aurais voulu la consoler, l'embrasser comme on embrasse les enfants tristes, lui demander pardon, me mettre à ses genoux. Mais je n'osais pas.

C'est fort bête ces situations-là!

Enfin, elle se calma, et nous restâmes, chacun dans notre coin, immobiles et muets, tandis que la voiture allait toujours, s'arrêtant parfois pour relayer. Nous fermions alors bien vite les yeux, tous les deux, pour n'avoir point à nous regarder quand entrait dans le coupé le vif rayon d'une lanterne d'écurie. Puis la diligence repartait ; et toujours l'air parfumé et savoureux des montagnes corses nous caressait les joues et les lèvres, et me grisait comme du vin.

Cristi, quel bon voyage si... si ma compagne eût été moins sotte !

Mais le jour lentement se glissa dans la voiture, un jour pâle de première aurore. Je regardai ma voisine. Elle faisait semblant de dormir. Puis la clarté du soleil, levé derrière les montagnes, couvrit bientôt de clarté un golfe immense, tout bleu, entouré de monts énormes aux sommets de granit. Au bord du golfe une ville blanche, encore dans l'ombre, apparaissait devant nous.

Ma voisine alors fit semblant de s'éveiller, elle ouvrit les yeux (ils étaient rouges), elle ouvrit la bouche comme pour bâiller, comme si elle avait dormi longtemps. Puis elle hésita, rougit, et balbutia :

— Serons-nous bientôt arrivés ?

— Oui, Madame, dans une heure à peine. »

Elle reprit en regardant au loin :

— C'est très fatigant de passer une nuit en voiture.

— Oh ! oui, cela casse les reins.

— Surtout après une traversée.

— Oh ! oui.

— C'est Ajaccio devant nous?

— Oui, Madame.

— Je voudrais bien être arrivée.

— Je comprends ça. »

Le son de sa voix était un peu troublé; son allure un peu gênée, son œil un peu fuyant. Pourtant elle semblait avoir tout oublié. Je l'admirais. Comme elles sont rouées d'instinct, ces mâtines-là! Quelles diplomates!

Au bout d'une heure nous arrivions, en effet; et un grand dragon, taillé en hercule, debout devant le bureau, agita un mouchoir en apercevant la voiture.

Ma voisine sauta dans ses bras avec élan et l'embrassa vingt fois au moins, en répétant : « Tu vas bien? Combien j'avais hâte de te revoir! »

Ma malle était descendue de l'impériale et je me retirais discrètement quand elle me cria : « Oh! Monsieur, vous vous en allez sans me dire adieu. »

Je balbutiai : « Madame, je vous laissais à votre joie. »

Alors elle dit à son mari : « Remercie Monsieur, mon chéri, il a été charmant pour moi pendant tout le voyage. Il m'a offert une place dans le coupé qu'il avait pris pour lui tout seul. On est heureux de rencontrer des compagnons aussi aimables. »

Le mari me serra la main en me remerciant avec convicti

La jeune femme souriait en nous regardant... Moi je devais avoir l'air fort bête ! »

Lataille se tut, puis reprit : « Assurément, j'avais commis une faute de tactique ou de tact. Mais laquelle ?... »

CATULLE MENDÈS, JOSEPH MONTET,
ARMAND SILVESTRE

ILLUSTRATIONS
PAR
E. COURBOIN
ET
COMBA

III

PARIS
C. MARPON & E. FLAMMARION, ÉDITEURS
26, RUE RACINE, 26.

CONTES

DE

GIL BLAS

CATULLE MENDÈS. *Le Prix de la Gloire.*
JOSEPH MONTET. *La Balle de Pierrot.*
ARMAND SILVESTRE. *Le Melon pastoral.*

ILLUSTRATIONS

PAR

EUG. COURBOIN. — COMBA

PARIS
C. MARPON ET E. FLAMMARION, ÉDITEURS
26, RUE RACINE

CONTES
DE
GIL BLAS

CATULLE MENDÈS. *Le Prix de la Gloire.*
JOSEPH MONTET. *La Balle de Pierrot.*
ARMAND SILVESTRE. *Le Melon pastoral.*

ILLUSTRATIONS
PAR
EUG. COURBOIN — COMBA

PARIS
C. MARPON ET E. FLAMMARION, ÉDITEURS
26, RUE RACINE

CATULLE MENDÈS

LE PRIX DE LA GLOIRE

Illustrations par Eug. COURBOIN

I

La lecture, dans la serre du château, s'acheva au milieu des applaudissements ; tout le monde convint qu'il n'y avait que M. de Marciac pour imaginer d'aussi spirituels dialogues et pour tourner d'aussi galants rondeaux. Non, vraiment, les plus célèbres vaudevillistes n'auraient pas été capables d'écrire une pareille Revue de l'Année ! et il était bien heureux pour les auteurs de profession que M. de Marciac eût cent mille livres de rente; car s'il avait été obligé de travailler pour le théâtre, il aurait remporté, à lui seul, tous les succès. Mais ce qu'il y eut de surtout remarquable dans cet enthousiasme sans doute légitime, c'est que la plupart des mondaines qui devaient jouer dans la pièce se déclarèrent enchantées de leurs rôles ! Mme de Ruremonde, sûre d'elle-même, n'ayant rien à craindre de la sincérité des maillots, ne vit aucun inconvénient à se vêtir en femme silure : « Mes couplets du Pavé de bois sont un peu vifs, dit la baronne de Linège, mais ils sont si charmants. » Mme de Belvèlize consentit, sans répugnance, à la jupe courte de la Commère; imiter Baron dans ses imitations de Sarah Bernhardt ne parut point déplaisant à la comtesse de Spérande ; et même la petite Hélène de Courtisols, — chose tout à fait imprévue, car la pruderie bien connue de cette veuve obstinée permettait de craindre des résistances, — accepta, sans trop se faire prier, le rôle d'une essayeuse chez le couturier en vogue. De sorte que M. de Marciac, en dépit de sa modestie, ne put se défendre d'un peu d'orgueilleuse satisfaction ; et, quelques instants plus tard, achevant de s'habiller pour le dîner, il regardait avec complaisance dans la glace de la cheminée la mine qu'il avait depuis qu'il était illustre.

Mais quelle joie humaine tarde à être troublée ?

La porte s'ouvrit et se referma très vite ; Mme de Rocas était là, le rose de la fâcherie aux joues, dans un remûment de jupes en colère.

— Vous, Amédine! chez moi en plein jour ! quelle imprudence !

— Il s'agit bien de cela ! Je ne me soucie guère d'être compromise ou non. Vraiment, ce qui arrive, c'est du joli !

— Du joli ? ah ! oui, dans ma pièce, dit l'auteur. Croyez, Amédine, que je suis on ne peut plus flatté de votre approbation.

— Qui vous parle de votre pièce ! Voulez-vous savoir mon avis ! Elle est absurde, d'un bout à l'autre.

— Madame !

— Absurde ! Mais cela vous regarde. Je n'ai rien à voir là-dedans. Ce qui m'occupe, c'est le rôle de l'Essayeuse, que vous avez donné à Hélène de Courtisols.

— Pensez-vous qu'elle le jouera mal ?

— Je pense... qu'elle ne le jouera pas du tout ! à moins que vous ne soyez le plus ingrat des hommes. Quoi ! Monsieur, touchée par un amour auquel j'ai eu la folie de croire, j'ai daigné avoir pour vous, quelquefois, des complaisances — que ma conscience me reproche, — et ce n'est pas à moi que vous confiez le meilleur rôle de votre Revue !

— Oh ! le meilleur !... Puis, je vous l'ai offert ce rôle, et vous n'en avez pas voulu.

— Vous me l'avez offert*!* Je n'en ai pas voulu ! Ce

sont là des choses dont je ne me souviens pas du tout.

— Je vous assure...

— Soit, c'est possible! Mais c'est que le personnage, d'abord, n'était pas ce qu'il est aujourd'hui. Vous devez avoir ajouté des couplets.

— Pas un !

— Huit ou dix ! Enfin, peu importe, l'Essayeuse, ce sera moi, ou bien il vous faudra perdre toute espérance de voir jamais se renouveler les faiblesses dont vous êtes, hélas! si peu reconnaissant. »

Cette menace ne manqua pas d'émouvoir M. de Marciac ; la face grasse, un peu rosée, un léger duvet brun au-dessus de la lèvre trop rouge, la jolie Mme de Rocas est de celles à qui, si leur conscience en effet s'alarme de quelques baisers, il est fort agréable de fournir des occasions de remords ; et c'était depuis huit jours à peine qu'il lui donnait lieu de se repentir.

— Cruelle, dit-il, vous me navrez ! Mais considérez, de grâce, que vous demandez une chose impossible. Les rôles sont distribués, il n'y a plus à revenir là-dessus. Ah ! si Mme de Courtisols, comme je l'espérais peut-être, avait refusé le rôle...

— Vraiment? Si elle l'avait refusé, vous me l'auriez confié ?

— Vous n'en doutez pas, je pense !

— Et, si elle n'en voulait plus, à présent, vous me le donneriez ?

— Avec quelle joie, chère Amédine ! »

Mme de Rocas, en frappant des mains, sauta sur ses petits pieds, comme une enfant qui rit après avoir boudé.

— Alors, tout est pour le mieux, car j'ai trouvé un moyen, moi, de lui faire rendre le rôle !

— En vérité, vous m'étonnez. On renonce difficilement à jouer dans une pièce aussi...

— Charmante ! car elle est charmante, vous savez, votre Revue ; si je disais le contraire tout à l'heure, c'est que j'étais furieuse. Asseyez-vous là, près de moi, je ne suis plus méchante, je vais vous expliquer mon plan. Vous n'ignorez pas que Mme de Courtisols est une petite personne excessivement vertueuse, presqu'austère? à ce point que, l'hiver dernier, elle ne donnait que des bals blancs, pour ne pas être obligée de se décolleter. C'est là-dessus que nous allons fonder notre complot. Mais approchez-vous donc. J'ai à vous dire des choses tellement singulières, si hardies, que je ne saurais parler tout haut, et qu'il faut que votre oreille soit tout près de ma bouche...

Il sentait sur son cou le frôlement d'un fin duvet de lèvres, et le moyen de refuser un rôle à une femme qui joue si bien celui d'amoureuse et ne vous défend pas de lui donner la réplique ?

II

Pendant ce temps, Mme de Courtisols était plongée dans d'étranges perplexités. Certes, elle avait toujours envié la gloire d'être applaudie par un public extasié! Elle savait bien qu'elle se montrerait très adroite comédienne, et que, devant la rampe, un peu de fard sur sa joue en ferait valoir à miracle la délicate pâleur. Mais, d'un autre côté, c'était terrible de marcher sur une scène, d'être regardée par tant d'yeux à la fois! Que penserait-on d'elle? Ne hasardait-elle pas, par cette concession à la frivolité mondaine, la renommée, si précieuse, que lui avait justement acquise la sévérité de ses principes? Une chose la rassérénait. Ce rôle de demoiselle de magasin n'exigeait aucune immodestie de toilette; elle le jouerait en robe montante, de couleur sombre. Et M. de Marciac avait eu le bon goût de ne lui donner à dire aucune parole à double entente. Elle lui savait gré de cette réserve, qui était une preuve d'estime. Oh! certainement, s'il avait fallu mettre une jupe courte ou montrer ses bras nus, si elle avait dû chanter un de ces rondeaux qui peuvent être mal interprétés, elle n'aurait pas consenti à jouer dans la Revue de l'Année.

Comme elle songeait de la sorte, la femme de chambre annonça M. de Marciac ; il eut, en entrant, un air de gravité qui permettait de présager un entretien important.

A peine assis :

— Madame, dit-il, je suis pris d'un scrupule.

— Et ! lequel, Monsieur ? demanda Hélène de Courtisols, étonnée.

— Si vous étiez une de ces personnes étourdies, qui ne répugne pas aux imprudences, je n'aurais qu'à vous remercier d'avoir bien voulu promettre à mon œuvre le concours du talent que vous ne pouvez manquer d'avoir. Mais je sais combien vous êtes jalouse d'offrir au monde l'exemple d'une irréprochable décence ! Mon devoir, triomphant de mes intérêts d'auteur, m'ordonne de vous signaler le péril auquel vous expose votre dévoûment. »

Hélène de Courtisols pensa tout de suite : « Mme de Rocas veut me prendre mon rôle ! »

— Combien je vous suis obligée, Monsieur, d'avoir eu ce scrupule ! Mais, en vérité, mon éloignement des futilités à la mode ne va pas jusqu'à une pruderie de mauvais goût. D'ailleurs, le personnage que j'ai accepté de jouer n'a rien dont puisse s'alarmer la pudeur la plus délicate.

— Ah ! comme vous vous trompez, Madame !

— Le costume...

— Le costume est aussi peu convenable que possible !

— Mais non. Je vous ai bien entendu, pendant la lecture. Une robe noire, col plat, manchettes plates.

— Eh ! je n'ai pas osé lire toutes les indications de scène ! Au moment où les pensionnaires du lycée de filles viennent commander au couturier leur nouvel uniforme, l'Essayeuse retire ses manchettes, son corsage, et sa jupe aussi.

« Décidément, pensa Hélène de Courtisols, Mme de Rocas meurt d'envie de me remplacer ! »

— Voilà qui est effrayant, en effet ! Mais enfin je crois que je pourrai accommoder les exigences de la situation avec celles de la modestie. J'aurai soin, sous le premier corsage, d'en mettre un autre, d'étoffe épaisse, qui montera jusqu'au cou.

— Mais, alors, tout mon effet sera perdu !

« En a-t-elle envie, de mon rôle ! » pensa Mme de Courtisols.

— Eh bien ! Monsieur, j'aurai les épaules nues ! Vous voyez à quel sacrifice je me résigne. Que ne ferait-on point pour jouer dans une pièce aussi adorable que la vôtre ? »

M. de Marciac songeait avec inquiétude : « Nous n'en viendrons pas facilement à bout. »

— Hélas ! Madame, ce n'est pas dans le costume que se trouve le principal inconvénient. Vous vous rappelez la scène du second acte ?

— Fort bien ; elle m'a paru tout à fait spirituelle et bienséante.

— Parce que je n'ai pas lu les indications de scène ! L'Essayeuse, dès l'arrivée du compère, se cache derrière un rideau avec le couturier, — le couturier, c'est moi-même, — et notez qu'elle n'a pas eu le temps de remettre son corsage ni sa jupe !

— Oui, mais le rideau la cache.

— Pas le moins du monde ! il est disposé de façon à laisser voir au public tout ce qui se passe dans le coin du théâtre.

— Et que s'y passe-t-il, mon Dieu ?

— Des choses épouvantables ! Vous comprenez, il faut intéresser les spectateurs pendant le récit assez long du compère.

— Mais, encore, quelles choses ?

— Combien je rougis d'avoir proposé un tel rôle à une personne telle que vous ! A peine caché derrière le rideau avec l'Essayeuse sans corsage, le couturier, — le couturier, je vous l'ai dit, c'est moi, — profite de l'obligation où elle s'est mise de ne pas pousser un cri, de ne pas proférer une parole, pour lui prendre la taille et lui baiser les mains...

— Monsieur !

— Pour lui caresser les épaules...

— Que me dites-vous là !

— Pour la serrer entre ses bras...

— Fi! quelle horreur!

— Pour la faire asseoir sur ses genoux...

— C'est abominable!

— Pour regarder, sous la jupe déjà si peu longue, qu'il retrousse du doigt, la couleur des bas de soie, des bas de soie à jour, et celle de la jarretière!

— N'ajoutez pas un mot! s'écria Mme de Courtisols rose d'effroi jusqu'aux frisons des tempes. »

M. de Marciac s'était levé.

— Je savais bien que la seule énumération de ces jeux de scène suffirait à vous causer la plus juste épouvante! Il ne me reste plus qu'à m'excuser d'avoir pu espérer un seul instant que vous daigneriez, vous, Madame...

— Eh! ne vous excusez pas, dit Hélène de Courtisols dans un éclat de rire. J'ai accepté de jouer votre pièce; et, telle qu'elle est, je la jouerai! »

III

Depuis toute une grande heure, Mme de Rocas guettait le retour de l'auteur.

— Enfin, vous voilà! dit-elle. Eh bien?

— Eh bien ! je n'ai pas réussi. Elle garde le rôle.

— Comment? malgré les changements que nous y avons faits?

— Oui!

— Malgré la nécessité de se déshabiller devant tout le monde?

— Oui!

— Malgré le jeu de scène derrière le rideau?

— Oui!

— Elle veut bien qu'on lui prenne la taille, qu'on lui baise les mains?

— Oui!

— Elle consent à se laisser toucher les épaules, à être serrée dans vos bras?

— Oui!

— A vous montrer ses bras et sa jarretière sous la jupe retroussée?

— Elle consent à tout! »

Mme de Rocas éprouvait une telle colère qu'elle se mordait les doigts avec ses dents de petite louve.

— Tant pis! s'écria-t-elle, il y aura un scandale. Puisqu'elle ne veut pas le rendre, vous lui retirerez le rôle, sans prétexte, avec éclat!

— Malheureusement, chère Amédine, vous exigez là plus que je ne saurais faire. Les choses, à présent, sont trop avancées.

— Trop avancées ?

— Eh ! sans doute, dit M. de Marciac avec un certain embarras, — nous avons répété ! »

JOSEPH MONTET

LA BALLE DE PIERROT

Illustrations par COMBA

LA

BALLE DE PIERROT

La jolie et mignonne église que c'était, la petite église d'A.., détruite aujourd'hui, hélas! et dont il ne reste plus l'ombre d'un chapiteau ni le soupçon d'une ogive! A vrai dire, elle n'était pas de celles qui peuvent fournir des reliques de pierre aux archéologues, et son architecture n'avait rien de précieusement compliqué. Un beau jour, on a mis la pioche dans ses murs, et tout a disparu, sans qu'un journal pieux eût seulement l'idée de faire, avec ses débris, le moindre presse-papier à l'usage de ses abonnés. L'humanité est une ingrate espèce.

Elle était pourtant bien charmante, la petite église d'A..., toute modeste et paisible dans le coin de banlieue parisienne où les mille bruits odieux de la grande ville ne venaient point troubler son recueillement. Et gaie, avec cela, dorée par le soleil et blottie dans une touffe d'arbres qui lui faisait comme un nid de verdure, et dont une bande de pierrots familiers secouaient les feuilles du matin au soir, avec un babillage étourdissant, sautant des branches sur le toit couvert d'humbles tuiles moussues, se risquant même parfois, sans vergogne, dans la pieuse maison, par les fenêtres ouvertes, et ne se gênant pas pour jouer aux quatre coins sous la voûte blanchie à la chaux.

Mais de tous les moineaux qui prenaient leurs ébats dans l'église, le plus bruyant, le plus joueur et le plus effronté était certainement un bipède sans plumes, pierrot de nom sinon d'espèce, car dans tout le quartier le petit Pierre n'était connu que sous le diminutif de Pierrot.

Le petit Pierre était un gamin de dix ans, tout

blond, avec deux yeux rieurs, un nez sans cesse au vent, et une perruque bouclée qui lui dansait continuellement autour des joues. Car il était difficile, pour ne pas dire impossible, de voir Pierrot autrement que les deux pieds en l'air. Il n'y avait guère qu'un moment dans la journée où on pouvait le surprendre dans la posture d'une personne naturelle. C'était l'heure où il servait la messe. Car telle était la grave fonction de cet invraisemblable môme, plus volage que les moineaux dont il chipait les nids, et plus étourdi que les hannetons dont il attachait les pattes.

Pierrot servait la messe. Comment? Ma foi, fort bien. L'abbé Grégoire, que la tante du mioche servait depuis trente ans, l'avait admirablement dressé à cet exercice. Et, certes, aucun enfant de chœur, même des grandes églises de Paris, ne s'entendait mieux que Pierrot à secouer la sonnette, à balancer l'encensoir et à faire devant l'autel de belles génuflexions : le tout aux bons endroits et sans se tromper d'une seconde, suivant syllabe par syllabe les mots latins qu'il savait par cœur sans en comprendre un seul, si ce n'est le dernier : *Amen*, qu'il traduisait à sa façon. *Amen*, cela voulait dire : Vive la toupie! ou : Vive la marelle! ou : Vive la balle! selon la saison.

La vraie passion de Pierrot, c'était la balle. Cette préférence marquée s'expliquait par d'excellentes raisons. Pour jouer à la marelle, il faut être plusieurs. Pour faire une partie sérieuse de toupie, il est urgent d'avoir quelques adversaires à combattre à coups de « gnons ». La balle offre sur tous les autres jeux cet inestimable avantage qu'on y peut jouer seul. Il suffit pour cela de trouver un endroit propice, bien clos, fermé de murs très hauts par-dessus lesquels la balle ne peut pas sauter. C'est alors un ravissement, une lutte pleine d'émotions exquises contre les caprices rebondissants de la boule élastique, contre les traîtrises imprévues des encoignures où elle change subitement de direction. En véritable amateur qu'il était, Pierrot appréciait toutes ces joies, et s'était mis en quête du lieu le plus propre à les lui faire goûter. Or, il avait découvert que ce lieu était l'église.

L'église ! Parfaitement. Pierrot avait cette tranquille audace de jouer à la balle dans le saint lieu. Dame, où était le mal ? Quand la messe était dite, et qu'il n'y avait plus personne, qui diable voulez-vous que cet exercice — un peu frivole en effet — pût scandaliser ? Il n'y entrait pas grand monde pendant la journée, dans la petite église d'A..., et si, par hasard quelque vieille dévote avait la fantaisie d'y venir faire un tour, Pierrot, averti par le grincement de la porte, en était quitte pour rattraper sa balle au vol d'une main preste, l'enfouir dans sa poche, et regagner la sacristie d'un pas discret, avec l'air innocent d'un chérubin en culotte.

Aussi, dès que l'abbé Grégoire, ayant revêtu sa soutane neuve, était sorti du presbytère pour aller faire quelques visites à ses ouailles, Pierrot, qui le guettait, le suivait de l'œil jusqu'au tournant de la rue, et, dès qu'il avait vu son dos noir et ses cheveux blancs disparaître, il se faufilait dans l'église, où la fête commençait. — Ah ! les belles parties, et comme Pierrot s'en donnait à cœur-joie, au nez des saints offusqués et des madones effarouchées !... La balle allait, venait, sautait, volait, bondissait, décrivant en l'air de mirifiques paraboles, qui, pour n'avoir rien de biblique, n'en semblaient pas moins admirables aux yeux éblouis de Pierrot. C'était une pure extase.

Un jour que l'abbé Grégoire avait oublié sa tabatière sur la table de la sacristie, il ouvrit la porte de l'église, et trouva Pierrot en train de retirer sa balle du bénitier où elle était tombée.

— Qu'est-ce que tu fais-là, polisson ? fit-il d'un ton stupéfait.

Pierrot s'était retourné, rouge comme une tomate.

— Je... je... balbutia-t-il... je lavais ma balle ! finit-il par dire, n'ayant rien trouvé de mieux.

— Dans l'eau bénite ? Petit malheureux ! Tu lavais ta balle dans l'eau bénite ! s'écria l'abbé Grégoire suffoqué. Mais tu veux donc te faire damner ?

Pierrot, les yeux à terre, suçait son index sans souffler mot.

— Donne-la moi, ta balle ! fit l'abbé, au bout d'un instant.

Pierrot, médusé, lui tendit l'objet d'une main tremblante.

— Je te la confisque, reprit l'abbé d'une voix sévère. Et que je ne t'y rattrape plus!

Pierrot resta sur place, les yeux gonflés de larmes. Quand l'abbé Grégoire eut disparu, il éclata en sanglots.

Sa balle confisquée!... C'était justement une superbe balle toute neuve, peinturlurée de rouge et de bleu, qu'il avait achetée la veille huit sous, le fruit de deux mois d'économie! Quel désastre! C'était à s'arracher les cheveux de désespoir... Et, de fait, l'infortuné Pierrot enfouit ses deux mains dans ses boucles blondes. S'il n'en arracha pas une poignée, ce fut parce qu'il réfléchit soudain qu'il se ferait très mal et n'en serait pas plus avancé.

Pierrot passa une nuit déplorable. Il rêva de sa balle et lutta furieusement contre des hommes noirs qui voulaient la lui arracher. Quand il se réveilla, il y pensait encore, et sa première idée fut de savoir comment il s'y prendrait pour la ravoir.

Le moyen le plus simple était de la demander à l'abbé Grégoire. C'est ce que fit Pierrot en arrivant à la sacristie.

— Monsieur l'abbé, supplia-t-il d'un ton larmoyant, rendez-moi ma balle!

— Pour que tu recommences à la laver dans le bénitier? Jamais! répondit l'abbé.

Pierrot sentit son cœur se gonfler d'un désespoir immense. Il refoula pourtant son chagrin, en gamin stoïque, car le devoir le réclamait. L'heure de la messe allait sonner, et c'était justement un dimanche. Il fallait se bien tenir.

L'abbé ouvrit la porte de la sacristie et se dirigea vers l'autel, suivi du lamentable Pierrot. La petite église était pleine de monde. Mais Pierrot, ordinairement curieux, ne regarda seulement pas l'assistance, absorbé qu'il était par sa douleur.

L'office commença. Pierrot s'acquitta de son rôle avec son exactitude ordinaire, mais machinalement. L'âme n'y était pas. Sa pensée était ailleurs, en effet. Elle allait un peu partout, fouillant les recoins de la sacristie, les tiroirs de la commode où l'abbé Grégoire serrait ses affaires, se demandant où pouvait bien être sa malheureuse balle. Et peu à peu, le cœur de Pierrot s'emplissait d'une cruelle amertume. Il se sentait pris d'une terrible rancune contre l'abbé Grégoire, cet homme si doux en apparence et qui avait été si méchant avec lui ! Positivement, il le haïssait maintenant ; et, muet, les lèvres serrées, il suivait des yeux tous ses mouvements, en poursuivant intérieurement un monologue rageur.

— Oui, se disait-il, va toujours ! Cela te va bien de faire la révérence devant le bon Dieu. Ça n'empêche pas que tu m'as pris ma balle. Qu'est-ce que tu en as fait ?

A cet instant, l'abbé Grégoire tendit une main vers lui. C'était le moment de l'offertoire.

Dans sa main gauche, l'abbé tenait le calice, et il tendait la droite pour que Pierrot lui remît la burette contenant le vin sacré.

Pierrot tenait en effet les deux burettes, celle de l'eau et celle du vin. Or, à cette minute solennelle, une pensée folle lui traversa le cerveau. Résolûment il mit les deux burettes derrière son dos, et, se penchant vers l'abbé Grégoire :

— Me rendrez-vous ma balle? lui dit-il à mi-voix.

— Comment? fit sur le même ton le prêtre abasourdi.

— Me rendrez-vous ma balle? répéta Pierrot, tenant toujours les burettes derrière son dos.

L'abbé Grégoire eut le vertige qu'on éprouve au bord d'un abîme. Il comprit que, s'il ne disait pas : oui, — tout était perdu. Déjà les fidèles du premier rang levaient la tête, inquiets, ne comprenant rien à ce qui se passait. Quel scandale, sainte Vierge!

— Oui, murmura l'abbé Grégoire.

Et Pierrot acheva de servir la messe, confiant en la parole de l'abbé.

Il avait raison d'avoir confiance, car l'abbé ne pouvait manquer de tenir une promesse ainsi prononcée au pied même de l'autel.

Une demi-heure après, il était sur le seuil de la sacristie, tendant à Pierrot la malheureuse balle bleue et rouge.

— Tiens, mauvais garnement, la voilà, ta balle! lui dit-il. Je te l'ai promise, la voilà!

Et comme Pierrot, enchanté, tournait le dos pour prendre sa course, l'abbé Grégoire n'y put tenir, et lui allongea dans le fond de sa culotte un magistral coup de pied.

Pierrot fit volte-face, et, se frottant le bas des reins :

— Ah! monsieur l'abbé, s'écria-t-il en éclatant de rire, vous ne m'aviez pas promis ça!

ARMAND SILVESTRE

LE MELON PASTORAL

ILLUSTRATIONS PAR EUG. COURBOIN

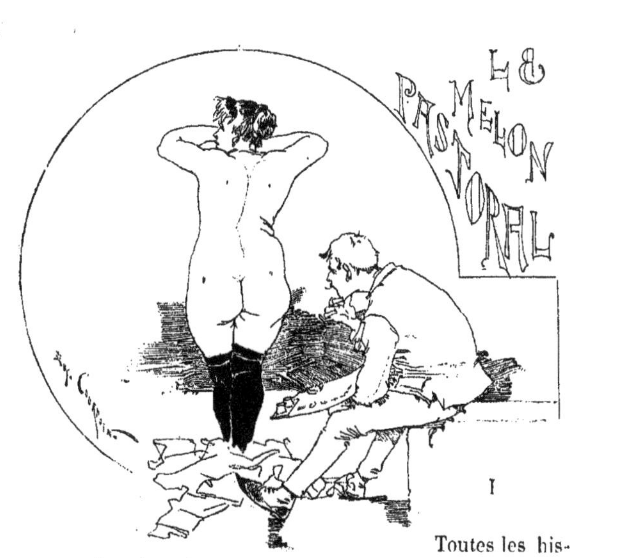

I

Toutes les histoires de melon ne sont pas nécessairement facétieuses et gaies, témoin celle du cantaloup qu'avait mangé un des pages du sultan Omar, lequel fit ouvrir le ventre de tous ses autres pages, le coupable ayant soigneusement omis de se déclarer. La Providence voulut que celui-ci fût découpé le dernier. Sans être aussi horrible, l'aventure que je veux vous conter comporte de poignantes émotions et de dramatiques détails. Elle sort de mes récits ordinaires et s'adresse aux amateurs d'impressions fortes. On doit toujours prévenir son monde en pareil cas.

Son héros n'est pas un sultan, mais un simple

peintre naturaliste. M. Tantinet, c'est son nom, s'était fait une juste renommée par ses natures mortes. Son imagination, d'ailleurs, s'arrêtait à l'arrangement plausible d'un peu de batterie de cuisine, de poteries variées et de viandes ou de poissons. Mon Dieu! il n'en faut pas plus pour faire un chef-d'œuvre. C'est de là que partait M. Tantinet pour se considérer comme un des plus grands artistes de son temps. Jaloux de ses secrets picturaux, il n'avait voulu accepter qu'un élève, le jeune Séraphin des Engrumelles, un gentilhomme passionné pour la Nature et qui lui payait ses leçons fort cher. Une seule domestique, la plantureuse Olympe, composait sa maison. C'était, au demeurant, un vaniteux de bonne composition et un artiste de valeur.

Or, l'idée le tourmentait depuis longtemps d'un tableau qu'il avait complètement conçu dans son esprit et composé comme il suit: un melon occupant le centre, avec une flûte posée dessous, une gourde de paysan à côté et un grand vacarme d'étoffes diverses surmontant le cucurbitacé rêvé. Oui, voilà ce qu'il voulait décidément faire pour l'Exposition. Mais où trouver un melon dans une saison qui n'en produit pas? Un beau melon, s'entend, un melon digne d'être peint? M. Tantinet avait écrit à plusieurs marchands de comestibles en renom. Enfin une bourriche de forme ronde lui parvint, une bourriche bourrée de paille; un parfum emplit l'atelier. C'était le melon attendu. Cent francs! c'était donné. Vite l'objet fut mis sur la table à modèles, surmonté de lainages et de soieries, accoté à la gourde, et la flûte fut légèrement glissée sous sa rotondité savoureuse, le bec en avant, ouvrant son pavillon au public, comme une oreille de bois.

II

L'œuvre marchait à souhait. Le jeune Séraphin vivait dans une admiration muette de son professeur, admiration qu'égalait, seul, son goût pour les charmes abondants de la plantureuse Olympe. Cette belle fille le faisait positivement sécher de désir ; mais, malgré que lui-même fût un jouvenceau aimable, et de bonnes façons, il n'obtenait rien de celle que le Piarrot de *Don Juan* n'eût pas hésité à qualifier de beauté « rudanière ». Comme il arrive le plus souvent, le secret de l'insensibilité obstinée de la belle créature était dans son penchant pour un autre amoureux. Peu de femmes sont vraiment cruelles par nature. Leurs duretés ne sont que l'ombre des belles caresses ensoleillées qu'elles accordent à de plus heureux. Ceux qui se plaignent de leur froideur font bien rire ceux à qui elles sont douces et avenantes. Femmes de glace et femmes de feu, ce m'est tout un. Vous avez remarqué comme moi que la neige brûle. Et qui aimait cette fantaisiste personne? Oh! un bien mauvais garnement, un drôle nommé Lupin, dénué des plus vulgaires délicatesses, une façon de Beau qui ne pouvait apparaître tel qu'à des demoiselles d'un goût médiocre. Loin d'enrichir sa maîtresse et de l'accabler de présents, celui-là ne manquait jamais de lui dérober quelque argent à chacune de leurs entrevues. Ce maritime galant n'en était pas moins, pour elle, plein de charmes. Il est un monde où il n'y a que ces gaillards-là qui soient vraiment aimés. Olympe n'osait recevoir ce fâcheux amant que quand M. Tantinet était sorti, et aussi Séraphin, dont le cœur eût été trop meurtri d'assister au spectacle de leurs tendresses.

Aussi, fut-ce pendant que son maître était à un enterrement et l'élève à déjeuner, qu'elle donna un jour audience au drôle et commit l'imprudence de l'amener dans l'atelier pour y admirer le tableau aux trois quarts achevé. Comme si de pareils goujats pouvaient s'intéresser aux nobles choses de l'art! Que lui faisaient, à celui-là, la belle exécution des étoffes et le merveilleux rendu du melon, le fin modelé de la gourde et le trompe-l'œil de la flûte!

O trois fois imprudente Olympe! Quand elle rentra après avoir reconduit son faux ami jusqu'à la porte, elle s'aperçut avec stupeur que le melon, — le vrai, le modèle — avait disparu!

— Que voulez-vous? Monsieur aimait les primeurs. Bien complet, ce Lupin!

III

Dire le désespoir de la pauvre fille ne se peut pas dans une langue humaine. Peut-être essaierais-je en vers, si j'en avais le temps, la poésie étant un idiome divin. Qu'allait dire M. Tantinet! Le peintre était bon garçon, mais rageur comme un coq d'Inde. Il allait entrer dans une colère épouvantable. Il ne lui ferait pas ouvrir le ventre comme le sultan, mais ce serait tout au plus. Ignominieusement chassée, battue peut-être! Ses beaux cheveux blonds se dressaient d'horreur sur sa tête, à cette idée, et de vrais ruisseaux de larmes, de larmes pareilles à des perles qui s'égrènent, coulaient de ses yeux bleus, tandis que des sanglots secouaient sa gorge, et que ses poings se crispaient, roses, dans d'ineffables désespoirs!

En ce moment entra Séraphin. Il fut tout de suite attendri d'une douleur pareille et s'approcha doucement de la malheureuse. Car il était de nature compatissante aux malheureux; et d'ailleurs son amour pour Olympe se ravivait à la voir ainsi désolée. Celle-ci voulut d'abord le fuir ou en fit semblant ; puis, sentant bien que son seul ami véritable était auprès d'elle, elle s'abandonna aux curiosités inquiètes du pauvre garçon qui, lui aussi, gémissait à fendre l'âme d'un procureur, ce à quoi s'ébrèchent les meilleures cognées, et s'écriait : « Que n'est-il un autre melon pareil dans Paris ! je le paierais de tout mon sang ! » Stupidité d'amoureux ! Car ce n'est pas là une monnaie à offrir à un marchand sérieux.

Soudain, se frappant le front qu'il avait étroit, mais très sonore :

— Olympe, s'écria-t-il, es-tu capable de tenir longtemps la pose ?

— Une heure entière, monsieur Séraphin, sans repos.

— Alors, tout est sauvé. Déshabille-toi bien vite !

Olympe imita de son mieux les femmes qui rougissent et obéit machinalement. Quand elle eut retiré ses jupons, voire sa chemise, Séraphin la contempla de dos et se dit à lui-même :

— C'est bien ça.

Puis il courut à sa palette, après avoir envoyé un baiser véhément à ce qu'il avait vu.

IV

Quand, une demi-heure après, — M. Tantinet ne reconduisait jamais les morts jusqu'au cimetière, n'ayant aucune envie d'en apprendre le chemin, — le peintre rentra dans son atelier, rien n'y demeurait du désordre qui aurait pu causer tant de malheurs. Sur la table et sous les étoffes dont pas un pli n'avait paru dérangé, une rotondité savoureuse s'étalait, plus savoureuse encore que le melon, pour qui en eût connu la nature secrète. Je parle au moins pour les personnes de mon goût, et qui préfèrent au plus admirable des fruits un joli morceau de femme, — ce morceau-là surtout, où messieurs les bœufs ont la culotte. Car vous avez deviné certainement. Sur ce que la plantureuse Olympe avait de plus charnu et de plus rond, de plus admirablement sphérique et de mieux pesant, Séraphin, inspiré par l'âme même d'Apelle, avait dessiné et peint les tranches absentes, les côtes imaginaires, avec un si grand talent que tout le monde s'y serait trompé, au point de planter un couteau d'argent dans cette tentation vivante, dans cette illusion gastronomique. Un vrai trompe-l'œil — un miracle de vérité. La réalité perfectionnée ; mieux que la nature! Le reste du corps, la tête et les jambes d'Olympe disparaissaient à merveille sous le fatras des tissus. Tantinet se remit donc à l'œuvre et, ma foi, jamais il n'avait traité un sujet aussi beau. — On trouve l'air bête au melon, pensait-il, mais pas tant que ça ! On dirait que celui-ci me regarde. Il ne lui manque que la parole...

Il en était là de sa pensée quand un curieux phénomène la dépassa, emportant son esprit bien plus haut encore que sa précédente rêverie. De la flûte que le soigneux Séraphin avait scrupuleusement remise en place, un son, deux sons, puis un air tout entier, quelque chose comme les mélopées arabes dont le rhythme vague berce l'âme sans jamais se définir, sortirent, effilés, amoureux, suaves à l'envi ! Prodige des prodiges ! Il n'y avait pas à en douter, à la situation du bec. C'était bien le melon qui jouait de la flûte !

Tantinet s'arrêta, ravi à cette étonnante musique, retenant son souffle pour n'en rien perdre. Si la pauvre Olympe eût pu en faire autant, adieu la sérénade ! Car c'était un souvenir d'anisette bue avec ce gredin de Lupin qu'elle exhalait ainsi, ne pouvant se retenir dans la posture fausse où elle était contournée. Tu ! tu ! tu ! tu ! turlututu ! Les notes en vain réprimées, s'égrenaient et le faux melon semblait frémir d'aise en leur rendant la liberté par sa naturelle embouchure.

— Un dièze, Séraphin ! un dièze ! s'écria le peintre qui avait des prétentions en musique. O nature ! tu es la source de toute poésie ! Je suis si ému de cette symphonie que les pinceaux me tombent des mains.

Et en effet, Tantinet abandonna son tableau, pour aller conter ce miracle à tous les naturalistes ses amis. Un melon mélomane ! un melon flûtiste ! un melon compositeur peut-être !

Pendant ce temps Olympe put se reposer. Le lendemain, onze marchands de comestibles envoyaient dès l'aurore, chacun un melon nouveau, ce qui permit de restituer les choses dans leur premier et normal état. Vous croyez peut-être qu'Olympe récompensa Séraphin ? C'est mal connaître la reconnaissance des femmes. Elle n'en aima que mieux son infâme Lupin et l'anisette.

TABLE DES MATIÈRES

ÉVREUX, IMPRIMERIE DE CHARLES HÉRISSEY

www.ingramcontent.com/pod-product-compliance
Ingram Content Group UK Ltd.
Pitfield, Milton Keynes, MK11 3LW, UK
UKHW021044230726
13926UKWH00004B/1643

9 782016 115077